Le secret des Pallis

Chères lectrices,

Que vous soyez encore en vacances ou déjà de retour, votre collection Azur reste fidèle à notre rendez-vous du mois, pour vous faire vivre et partager des rencontres placées sous le signe de la passion et de l'émotion.

Entrons tout d'abord dans la vie de Jordan, l'héroïne de *La confiance brisée* (N°2802) qui, à la veille de son mariage, revoit Gino, l'homme qu'elle a passionnément aimé dix ans plus tôt… Prenant soudain conscience que les sentiments qu'elle a jadis éprouvés pour lui sont toujours là, la jeune femme est en proie à une véritable confusion des sentiments. Comment, dans ces conditions, s'engager définitivement avec un autre ? Et si Gino, tout comme elle, n'avait rien oublié de leurs émois passés ?

Les tourments d'Helen sont d'une tout autre nature. En effet, entre elle et Leo Aristides, le richissime homme d'affaires qu'elle vient d'épouser, il ne saurait être question d'amour : leur union n'a pour but que d'offrir un foyer stable à Nicholas, le neveu de Leo, dont la jeune femme est la tutrice légale depuis qu'il a perdu sa mère. Pourtant, malgré leur accord, ce play-boy insiste pour partager son lit… *Un marché inacceptable* (N°2803), selon Helen…

Aventure brésilienne (N° 2806) vous transportera au cœur de la forêt amazonienne, où Grace, une jeune femme d'affaires dynamique, est venue convaincre le milliardaire brésilien Ronaldo Cordeiro d'investir dans sa société. Mais, à peine arrivée, elle ne songe qu'à quitter ce cadre enchanteur, qui n'a rien d'un paradis tant son hôte, pour une raison qu'elle ignore, se montre hostile et froid…

Enfin, terminez l'été en beauté avec *Une union défendue*, sixième volet de la palpitante saga des Héritiers de Niroli. Ce roman vous fera partager les doutes et les joies de Max et de Rosa, deux membres de la famille royale dont le destin — contrarié mais passionnant — est intimement lié à celui de leur île natale.

Bonne lecture, et rendez-vous en septembre.

La responsable de collection

LYNNE GRAHAM

Le secret des Pallis

COLLECTION AZUR

éditions Harlequin

Cet ouvrage a été publié en langue anglaise
sous le titre :
THE GREEK TYCOON'S DEFIANT BRIDE

Traduction française de
ANNE BUSNEL

HARLEQUIN®

est une marque déposée du Groupe Harlequin
et Azur ® est une marque déposée d'Harlequin S.A.

83-85, boulevard Vincent-Auriol, 75013 PARIS — Tél. : 01 42 16 63 63
Service Lectrices — Tél. : 01 45 82 47 47
ISBN 978-2-2808-4412-3 — ISSN 0993-4448

1.

A l'apparition de la limousine, il y eut un mouvement parmi la foule vêtue de noir rassemblée devant le parvis de l'église. Deux autres grosses voitures s'étaient déjà garées devant l'édifice un moment plus tôt. Des gardes du corps, tenant chacun un talkie-walkie à la main, en étaient sortis pour former un cordon de sécurité. Sur un signe de leur chef, le chauffeur de la limousine alla ouvrir la portière à son passager.

Un murmure de curiosité parcourut la cohue et les cous se tendirent. Leonidas Pallis venait de déplier sa haute silhouette qui attirait tous les regards. Avec son mètre quatre-vingt-dix et sa beauté rare chez un homme, le magnat grec incarnait l'élégance et la virilité dans son costume griffé et son manteau de cachemire noir.

Cette allure raffinée s'accompagnait cependant d'une froideur et de manières parfois brutales qui intimidaient forcément. Leonidas ne ménageait personne. Issu d'une des familles les plus riches du monde, il s'était forgé très jeune une réputation de rebelle, mais possédait un vrai sixième sens pour les affaires. Devenu milliardaire, il était l'idole du clan Pallis, aussi craint qu'adulé.

Tout le monde s'était demandé s'il assisterait à cette messe du souvenir. Après tout, plus de deux ans s'étaient écoulés depuis qu'Imogène Stratton, droguée à l'héroïne, avait péri dans un accident de voiture. A l'époque, elle et lui ne sortaient pas ensemble, mais ils ne s'étaient jamais perdus de vue depuis que Leonidas avait achevé ses études à l'université d'Oxford.

La mère d'Imogène, Hermione Stratton, fendit la foule pour accueillir son invité de prestige. Elle se rengorgeait presque. Mais le Grec coupa court à ses salutations empressées. Les Stratton étaient pour lui des étrangers. Du vivant d'Imogène, il ne les avait pas fréquentés et n'en avait eu nulle envie. De plus, l'obséquiosité l'exaspérait.

Paradoxalement, la seule personne qu'il s'était attendu à trouver ici pour l'accueillir n'était nulle part en vue : Maribel Greenaway, la cousine d'Imogène.

Il refusa de s'asseoir au premier rang avec la famille et choisit une place plus discrète, au milieu de la nef. Dans la foulée, il se demanda ce qu'il faisait là alors qu'Imogène s'était tant moquée des conventions. Mannequin, membre infatigablede la jet-set, elle n'avait vécu que pour le luxe et la gloire, ravie d'être fêtée et admirée, prête à choquer à la moindre occasion pour le simple plaisir d'attirer l'attention sur elle. Elle avait tout fait pour séduire Leonidas qui, s'il était resté insensible à ses avances, l'adorait pour sa drôlerie et son inépuisable énergie. Mais, envers de la médaille, il avait été contraint à se détourner d'elle : héroïnomane, la jeune femme refusait de se soigner et son addiction l'avait finalement menée à sa perte.

Un voile de tristesse obscurcit son esprit. Avait-il eu tort de venir ? Déjà, deux ans plus tôt, il s'était fait violence pour assister aux obsèques d'Imogène, et la journée s'était terminée d'une manière tout à fait inattendue ! Néanmoins, on ne changeait pas le passé, et Leonidas n'était pas homme à se complaire dans les regrets.

Maribel gara sa vieille voiture sur le parking qui longeait l'église. Elle était affreusement en retard. D'une tape, elle redressa le rétroviseur intérieur et, son peigne à la main, une barrette entre les dents, elle s'efforça de discipliner ses cheveux châtains fraîchement lavés qui, encore humides, frisottaient.

La barrette se brisa au moment où elle tentait de la fixer. Maribel faillit crier d'énervement. Elle jeta le peigne sur le siège et entreprit de lisser ses boucles des deux mains tout en sortant du véhicule. Depuis qu'elle s'était levée ce matin-là, tout était allé de travers ; à moins que cette série de minidésastres n'ait même commencé la veille, quand sa tante Hermione lui avait téléphoné pour lui annoncer suavement qu'elle comprendrait tout à fait si Maribel jugeait trop difficile d'assister à la messe du souvenir…

En silence, elle avait serré les dents. Durant les dix-huit derniers mois, les Stratton lui avaient clairement fait comprendre qu'elle était devenue persona non grata parmi eux. Cela la blessait, car elle tenait beaucoup à entretenir les seuls liens familiaux qui lui restaient. D'un autre côté, elle comprenait leurs réserves. Elle n'était jamais entrée dans le moule et elle affichait une indépendance qui était comme une insolence à leurs yeux.

Quand Maribel s'était retrouvée orpheline, son oncle s'était aussitôt proposé pour recueillir sa jeune nièce de onze ans et l'élever en compagnie de ses trois filles. Mais, dans cette maison où l'argent et le paraître primaient sur toute autre considération, Maribel avait dû apprendre à se fondre dans le décor pour éviter les remarques irritées et les coups d'œil réprobateurs. Il fallait avouer que, pour ce qui était de l'apparence physique, elle n'était pas du tout au niveau de ses cousines.

Ces années auraient été bien maussades sans Imogène, dont la joie de vivre, l'humour et la pétulance éclairaient les journées les plus sombres. Et bien qu'elles n'aient absolument rien en commun, Maribel s'était profondément attachée à sa cousine de trois ans son aînée.

C'est pour cette raison qu'elle était bien décidée à assister à cette messe, désireuse de rendre un ultime hommage à celle qui avait adouci son adolescence. Et rien ni personne ne l'en empêcherait ! se répéta-t-elle en fermant sa voiture. Pas même la perspective plus qu'embarrassante de se retrouver nez à nez avec Leonidas. Deux ans s'étaient écoulés déjà depuis leur dernière rencontre ! Il n'y avait pas lieu d'être si mal à l'aise. Le serait-il, lui ? Sûrement pas. De toute façon, rien ne l'ébranlait jamais.

Un éclair de défi dans ses yeux violets, elle courut vers l'église.

A vingt-sept ans, son doctorat d'histoire ancienne en poche, elle enseignait à l'université d'Oxford. Elle appréciait ses collègues en général et s'était fait de nombreux amis masculins, pourtant elle avait choisi de rester célibataire. Après le bouleversement causé par la mort tragique d'Imogène et le processus de deuil qui avait suivi, elle avait finalement trouvé une certaine sérénité. Sa vie actuelle lui convenait parfaitement.

Alors pourquoi se serait-elle souciée de ce qu'*il* pourrait penser quand, de son côté, il l'avait sans doute oubliée depuis belle lurette ?

C'est dans cet état d'esprit qu'elle entra dans l'église et s'assit sur le premier siège disponible, à l'arrière de la nef. La tête bien droite, elle s'efforça de se concentrer sur le service sans chercher à reconnaître qui que ce soit parmi la foule. Mais bientôt sa joue la picota et une sensation de malaise l'envahit. Il était là, elle le *sentait* par un phénomène qu'elle-même ne pouvait expliquer.

Lorsque la tentation devint trop forte, elle leva les yeux et l'aperçut, plusieurs rangées devant, de l'autre côté de l'allée centrale. Impossible de ne pas repérer au premier coup d'œil cette impressionnante carrure et ce port de tête arrogant. Détail amusant, trois très jolies femmes avaient choisi de s'asseoir près de lui. Maribel retint un sourire. Manifestement, Leonidas avait toujours autant de succès !

Brusquement, il tourna la tête et darda sur elle son regard noir. Prise au dépourvu, elle tressaillit et se sentit comme prise au piège. Son cœur se mit à tambouriner alors qu'elle s'était juré de garder son calme. Elle parvint à esquisser un sourire contraint et inclina la tête en guise de salut, avant de détourner les yeux à la hâte vers le vicaire. Entre ses mains tremblantes, le livret frémissait.

Déjà, les souvenirs assaillaient sa mémoire…

Par chance, l'arrivée d'une blonde qui se glissa sur le siège d'à côté créa une diversion dans son esprit. Maribel connaissait de vue Hanna, qui avait travaillé pour la même agence qu'Imogène. Sans se soucier de perturber la cérémonie, la ravissante Hanna se lamenta bruyamment sur les conditions de circulation qui l'avaient empêchée d'arriver à l'heure. Puis elle sortit un petit miroir de sa poche et entreprit de se recoiffer.

— Tu voudras bien me présenter à Leonidas Pallis tout à l'heure ? chuchota-t-elle à Maribel alors qu'elle remettait une couche de gloss sur ses lèvres.

— Ecoute, je le connais depuis longtemps, c'est vrai, mais nous ne sommes pas vraiment proches…

— Je sais, tu l'as croisé à l'époque où tu étais l'assistante d'Imogène, ou sa gouvernante, je ne sais plus. Bref, il doit bien se souvenir de toi. Je n'ai pas d'autre moyen d'entrer en contact avec lui, ce type est inaccessible !

Maribel se mordit la lèvre. Elle se sentait au bord de l'hystérie, elle qui mettait un point d'honneur à toujours rester maîtresse de ses nerfs. Elle ne pouvait s'empêcher de penser à Imogène qui avait été obsédée par cet homme, le seul qu'elle ne pouvait avoir et qui ne l'aimait pas assez pour lui offrir la stabilité dont elle avait si désespérément besoin.

Son silence ne dissuada pas Hanna qui insista :

— Je me suis dit que si c'était toi qui faisais les présentations, cela aurait l'air plus naturel, non ?

Maribel retint un rire. *Naturel* ? Hanna portait un tailleur rose bonbon dont la jupe était si courte qu'elle lui permettait à peine de s'asseoir. Et son chapeau à plumes aurait été plus approprié pour un mariage.

— Oh, s'il te plaît, s'il te plaît, s'il te plaît… Il est si sexyyyyyy ! murmura Hanna à son oreille.

« Et c'est aussi le pire des mufles », répondit Maribel en son for intérieur.

Tout de suite elle eut honte de cette pensée amère qui lui

venait dans un lieu sacré pendant une occasion si solennelle. Même si c'était la vérité.

Leonidas avait décidé de ne pas se laisser affecter par le petit hochement de tête hautain que lui avait adressé Maribel. Elle était bien la seule femme qu'il n'impressionnait pas. Et c'est sans doute cela qui l'attirait tant chez elle depuis le début.

De nouveau il tourna la tête dans sa direction et l'étudia avec attention, à l'affût du moindre changement. Elle avait perdu quelques kilos, mais pas là où les rondeurs étaient essentielles, constata-t-il dans une appréciation toute masculine. Sa silhouette n'en était que plus voluptueuse. Le soleil printanier qui passait à travers un vitrail jetait dans ses cheveux châtains des reflets mordorés. Le teint était toujours aussi clair, la bouche toujours aussi généreuse. Elle n'était pas belle, pas même jolie sans doute, pourtant elle avait su capter son intérêt et aujourd'hui il comprenait enfin pourquoi : cette femme avait l'éclat et la sensualité d'une pêche doucement mûrie au soleil.

Etait-il celui qui avait su éveiller cette féminité vibrante en elle ?

Comme cette question lui traversait l'esprit, il se demanda s'il serait capable de la séduire de nouveau. Et, cette fois, la flambée de son désir ne lui permit plus de douter de l'intérêt qu'il lui portait.

La messe s'acheva. Maribel vit sa tante et ses cousines se presser dans l'allée centrale dans l'intention d'intercepter Leonidas avant qu'il ne s'en aille. Elle-même avait hâte de s'esquiver aussi discrètement qu'elle était arrivée. Malheureusement, Hanna lui barrait la route.

— Attends, ne te sauve pas ! protesta cette dernière. Leonidas regarde justement de ce côté-ci. Il m'a remarquée, c'est ma chance. Je ne te demande pas grand-chose, tout de même !

— Une fille aussi belle que toi n'a pas besoin d'intermédiaire.

Hanna gloussa et, d'un mouvement de tête, renvoya sur ses épaules sa somptueuse chevelure blonde. Puis elle se dirigea vers Leonidas de sa démarche chaloupée, tel un missile qui fond sur sa cible. Maribel, qui avait bien quinze centimètres de moins qu'elle, en profita pour se faufiler dans l'allée, cachée derrière elle. Ce n'était pas une sortie très glorieuse, et après ? De toute façon, sa tante espérait la voir jouer profil bas.

Dans sa précipitation, elle ne vit pas le journaliste qui s'était posté devant l'entrée et le percuta de plein fouet. L'homme laissa échapper un juron alors que, par réflexe, elle s'excusait platement. Puis, frottant son épaule meurtrie, elle courut en direction du parking.

Insensible aux manœuvres destinées à attirer son attention à droite et à gauche, Leonidas se fraya un chemin parmi la foule jusqu'au parvis de l'église. Le départ précipité de Maribel l'intriguait. Elle si courtoise d'ordinaire… Il s'était attendu à ce qu'elle vienne le saluer et lui murmurer quelques banalités polies, même si elle n'en avait nulle envie. Au lieu de cela, elle avait déguerpi sans même échanger deux mots avec les Stratton.

Tandis que ses gardes du corps empêchaient les paparazzi de prendre des photos, il aperçut la jeune femme qui montait à bord d'une petite voiture rouge. Elle semblait vraiment très pressée… de le fuir, il en avait l'intuition. Irrité, il appela d'un signe de tête Vasos, son chef de la sécurité, pour lui donner une consigne bien précise.

Hermione Stratton, suivie de près par ses deux filles, surgit à son côté, légèrement haletante. Leonidas prit le temps de formuler quelques mots sur les regrets et le temps qui estompait les plus grandes peines, avant de s'enquérir :

— Pourquoi Maribel est-elle déjà partie ?

— Maribel ? répéta Hermione Stratton, les yeux écarquillés

comme si elle entendait ce nom pour la première fois de sa vie.

— Elle doit être pressée de récupérer son marmot, hasarda la plus blonde de ses filles avec un haussement d'épaules.

Les traits bronzés de Leonidas demeurèrent parfaitement impassibles, sans trahir un instant le choc qu'il venait d'éprouver. Un marmot ? Un bébé ? Maribel avait un enfant ? Mais depuis quand ? Et de qui ?

Hermione Stratton esquissa une petite moue dégoûtée et confia à voix basse :

— Oui, la pauvre est mère célibataire, vous comprenez.

— Elle s'est fait plaquer par le père, précisa sa fille d'un air entendu.

Sa sœur ricana.

— C'est bien la peine d'avoir tous ces diplômes. Au bout du compte, Maribel n'est pas plus maligne que les autres !

Cinq minutes après avoir quitté l'église, Maribel se rangea le long de la chaussée pour retirer sa veste. Elle avait chaud partout, une réaction habituelle quand elle cédait à la nervosité. L'image de Leonidas demeurait gravée dans son cerveau. Il était toujours aussi beau. Mais c'était normal, il n'avait que trente et un ans…

De nouveau, l'émotion la saisit. Ses mains se crispèrent sur le volant et ses articulations blanchirent. Lentement, elle relâcha sa prise en respirant profondément. Elle se conduisait comme une collégienne énamourée ! N'aurait-elle pas dû dépasser tout cela depuis bien longtemps déjà ?

En dépit de tous ses efforts pour les repousser, les souvenirs douloureux affluaient à sa mémoire, et elle se força à les chasser. Il ne servait à rien de ressasser tout cela.

Son amie Ginny Bell, qui gardait Elias en son absence, habitait une petite maison à un kilomètre à peine de l'endroit où vivait Maribel, en pleine campagne. Veuve, Ginny avait été professeur avant de reprendre ses études à mi-temps pour obtenir une maîtrise d'arts plastiques. A quarante ans passés, elle était mince, énergique, et portait ses cheveux bruns en un carré bien net.

Elle ne cacha pas sa surprise lorsque Maribel apparut à la porte de derrière.

— Je ne t'attendais pas si tôt !

Elias abandonna son puzzle et traversa la cuisine en courant pour se jeter contre les jambes de sa mère. Agé de seize mois, il était adorable avec ses cheveux noirs bouclés et ses grands yeux sombres. Son exubérance et sa joie de vivre transparaissaient dans le sourire radieux qu'il adressa à Maribel.

Le cœur fondant d'amour, elle se baissa pour le serrer dans ses bras et huma avec délice sa fraîche odeur de bébé. Avant sa naissance, jamais elle n'aurait imaginé que le lien mère-enfant puisse être aussi puissant et inconditionnel. Elle avait pris un congé parental d'un an pour mieux profiter de lui, et retourner ensuite au travail — même à mi-temps — avait été pour elle une véritable épreuve. Dès qu'elle le quittait plus de deux heures, il lui manquait terriblement.

Ainsi, le plus naturellement du monde, Elias était devenu le centre de son existence.

— Je croyais qu'il y avait un buffet après la messe ? s'étonna Ginny.

Brièvement, Maribel lui rapporta les propos que sa tante lui avait tenus la veille au téléphone, et Ginny s'indigna aussitôt. Amie de longue date, elle n'ignorait pas ce que les Stratton devaient à Maribel qui avait veillé sur Imogène sans relâche à l'époque où le jeune mannequin menait une vie de patachon et se conduisait de manière scandaleuse.

— Je crois qu'ils ne me pardonneront jamais d'être « fille-mère », comme ils disent, répondit Maribel. Et je dois reconnaître qu'ils m'avaient prévenue.

— Ta tante n'avait pas à te presser d'avorter. Ta grossesse ne la regardait en rien, et puis tu n'étais pas vraiment une adolescente paumée. Regarde, elle t'avait prédit que tu ne serais pas capable de t'en sortir, et tu es de loin la meilleure mère que je connaisse !

Maribel sourit à son amie, mais prit la défense de sa tante.

— Tu sais, elle croyait être de bon conseil. De son temps, concevoir un enfant hors mariage était très mal considéré.

— Tu es bien magnanime avec cette maudite bonne femme qui t'a toujours traitée comme une parente pauvre !

— Ce n'était pas si terrible. Mon oncle et ma tante ont eu du mal à comprendre que je souhaite poursuivre mes études. J'étais vraiment très différente de mes cousines. Le vilain petit canard de la famille, en quelque sorte, ajouta-t-elle avec un haussement d'épaules.

— Ils n'ont cessé de faire pression sur toi pour que tu te conformes à leurs exigences !

— Oui, mais ils en ont demandé plus encore à Imogène.

Avec tristesse, Maribel pensa à sa fragile cousine assoiffée de reconnaissance et d'admiration, qui s'était révélée incapable d'assumer le moindre échec.

A cet instant, la voiture du facteur vint se garer devant la maison. Elias se trémoussa pour échapper aux bras de sa mère et alla coller le nez à la vitre pour voir ce qui se passait. C'était un enfant curieux de tout, qui mettait toute son énergie à explorer le monde qui l'entourait. Tandis que Ginny allait ouvrir pour récupérer un paquet, Maribel entreprit de rassembler les affaires du bébé et de les ranger dans le sac à langer.

— Veux-tu un café ? lui proposa Ginny quand elles furent de nouveau seules.

— C'est gentil, mais j'ai vraiment beaucoup de travail à la maison.

Maribel eut un peu honte de ce demi-mensonge. En réalité, elle aurait pu perdre une petite demi-heure, mais revoir Leonidas l'avait tellement secouée qu'elle ne songeait qu'à se réfugier chez elle, dans sa petite maison.

Elle alla installer Elias dans son siège-auto. L'enfant était plutôt grand pour son âge et le porter lui demandait maintenant un effort. Il commença à se débattre lorsqu'elle voulut boucler la ceinture de sécurité qu'il entendait fermer lui-même de ses petits doigts malhabiles. Déjà, il affichait des velléités d'indépendance et entrait souvent en conflit avec sa mère.

— Elias tout seul ! s'écria-t-il d'un ton péremptoire de petit tyran.

— Non, Elias, lui répondit-elle avec fermeté.

Sur la route, elle fut obligée de doubler une grosse voiture gris métallisé qui n'était pas très bien garée sur le bas-côté. L'endroit n'était pas idéal pour stationner et elle fut surprise de trouver un véhicule là. Quelques centaines de mètres plus loin, elle bifurqua dans le sentier bordé d'arbres qui conduisait à son domicile, une ancienne fermette au charme pittoresque qu'elle avait autrefois habitée avec ses parents. A leur mort, la demeure avait été louée de longues années durant avant que Maribel n'en reprenne possession, une fois adulte. Tout le monde s'était alors attendu à ce qu'elle vende la propriété pour acheter un appartement moderne en ville. Mais c'est à la même époque que Maribel avait appris sa grossesse.

Sa vie en avait été bouleversée. Après avoir revisité cette maison où elle avait passé la partie heureuse de son enfance, elle avait compris que, pour élever seule son enfant, elle devrait changer son rythme de vie, ainsi que l'ordre de ses priorités. Se noyer dans le travail ne serait plus possible. Son bébé aurait besoin d'elle.

Ignorant les mises en garde — la maison était vétuste, éloignée de tout —, elle s'était tranquillement attelée à la rénovation des lieux. La fermette, située au cœur d'un vallon isolé à mi-chemin entre Londres et Oxford, lui avait en fait permis de tirer le meilleur parti de la ville et de la campagne. Et, bien sûr, avoir une amie tout près de chez elle lui avait facilité les choses. Elle s'était sentie moins seule, bien avant que Ginny ne lui propose de garder Elias pendant ses heures de travail.

*
**

Le petit garçon gigotait dans ses bras tandis qu'elle essayait tant bien que mal d'introduire la clé dans la serrure de la porte d'entrée.

— Mickey ! Mickey ! scandait-il.

Mickey était un lévrier irlandais d'une timidité maladive. Comme d'habitude, il était caché sous la table de la salle à manger et n'en émergea que lorsqu'il fut tout à fait certain que les nouveaux arrivants n'étaient autres que Maribel et son fils. Rassuré, il vint accueillir ses maîtres avec un enthousiasme bruyant. Le chien et l'enfant se mirent à jouer, puis Elias pointa un doigt autoritaire et ordonna avec sérieux :

— Mickey, assis !

L'espace d'une seconde, Maribel revit Leonidas lui demandant si elle comptait un jour ramasser ses vêtements éparpillés dans sa chambre pour les mettre à laver. Cela s'était passé sept ans plus tôt. Elias avait la même attitude impérieuse mais obtenait plus de résultats, car Maribel était d'un tempérament bien plus rebelle que Mickey dont le seul souci était de plaire à son petit maître.

Une autre image suivit, l'expression outragée de Leonidas quand, quelque temps plus tard, elle lui avait lancé qu'il fallait vraiment être nul pour mettre une bouilloire électrique sur le feu de la gazinière !

Un bruit de chute tira la jeune femme de ses souvenirs. Elias s'était cogné la tête contre le bord du Frigo et pleurait. La fatigue le rendait maladroit. Maribel le prit dans ses bras pour le consoler et lui frotta doucement la tête. La vue des yeux noirs furieux noyés de larmes l'attendrit comme toujours. Son petit garçon était si volontaire, si têtu et si fier !

— Oui, je sais, je sais…, chuchota-t-elle.

Elle le berça contre elle jusqu'à ce qu'il consente à se détendre et que ses paupières aux longs cils recourbés papillotent sur ses joues. Elle l'emmena alors à l'étage, dans sa chambre décorée de couleurs vives par ses propres soins. Sans mouvements brusques, elle ôta les chaussures et le pull du petit garçon avant de le coucher dans son berceau. Il s'endormit dans la seconde, pour une sieste qui, Maribel le savait, ne serait pas très longue.

Le sommeil donnait à l'enfant une frimousse angélique. Elle le contempla une bonne minute, fascinée par la ressemblance physique qui sautait aux yeux, surtout maintenant qu'elle venait de revoir son père. Puis elle redescendit au rez-de-chaussée et, accompagnée de Mickey, gagna la petite pièce ensoleillée qui lui servait de bureau.

Là, elle entreprit de noter une pile de copies.

Un peu plus tard, Mickey lança un bref aboiement et vint glisser sa truffe humide sous son coude. Environ dix secondes plus tard, Maribel entendit le moteur d'un véhicule qui avançait dans l'allée. Elle recula sa chaise et se leva.

Elle traversait le vestibule lorsqu'elle remarqua que plusieurs voitures arrivaient apparemment en même temps. Très intriguée, car elle recevait rarement de la visite, elle s'approcha de la fenêtre.

Consternée, elle vit qu'une longue limousine noire garée le long de la façade obstruait la vue du jardin et de la campagne environnante.

Qui d'autre que Leonidas Pallis se serait déplacé dans un tel équipage ?

Maribel ne resta pétrifiée que quelques secondes, avant de se précipiter dans le séjour pour ramasser en toute hâte jouets et peluches éparpillés un peu partout et les jeter dans le coffre qu'elle s'empressa de dissimuler ensuite derrière le canapé.

La cloche de la porte d'entrée tinta au moment où elle se redressait. Elle entrevit son reflet dans le miroir accroché au mur : ses yeux violets étaient hagards et elle était pâle comme la mort. Elle se frotta les joues pour leur rendre un peu de couleur, tandis que ses pensées s'emballaient. Que diable venait-il faire ici ? Comment avait-il eu son adresse ? Et pourquoi s'était-il soucié de se la procurer ?

De nouveau, la cloche retentit, menaçante. L'impatience des Pallis était légendaire.

Elle dut se faire violence pour aller ouvrir.

— Surprise ! murmura Leonidas sur le seuil.

Sans trop savoir pourquoi, elle s'était attendue à une entrée en matière beaucoup plus virulente. Décontenancée, elle laissa retomber son bras et il en profita pour pénétrer dans le vestibule. Elle eut un choc en découvrant son visage de si près. Les années n'avaient en rien amoindri sa beauté, au contraire. Les infimes ridules au coin de ses yeux accentuaient la séduction de ses traits bien modelés. Le nez était droit, aristocratique ; le menton volontaire, les pommettes saillantes, la bouche à la fois sensuelle et dure. Dans son costume sombre, qu'il portait avec une classe infinie, il était plus intimidant que jamais, et si grand que la pièce en semblait rapetissée.

Son regard noir était tranchant comme un rayon laser.

Maribel sentit les pulsations de son cœur s'accélérer. Sa respiration devint laborieuse et anarchique.

— Et alors, ce petit déjeuner ? lança-t-il d'un air moqueur.

Maribel sentit ses joues s'enflammer. De cette simple petite phrase, il venait de raviver les souvenirs brûlants qu'elle s'était efforcée d'enfouir au tréfonds de sa mémoire. Comment osait-il, après tout ce temps et en guise de bonjour, lui rappeler la nuit qui avait suivi les obsèques d'Imogène ?

Mais il est vrai que Leonidas Pallis n'avait que peu de limites et que rien ne semblait l'effrayer en ce monde.

Cette fameuse nuit, elle l'avait passée dans ses bras. Et au petit matin, il l'avait éveillée d'un baiser avant de chuchoter de ce ton péremptoire qui était comme une seconde nature chez lui :

— Va donc préparer le petit déjeuner pendant que je prends ma douche…

Maribel chancela légèrement et son estomac se contracta comme si elle venait de faire un looping. Elle aurait donné n'importe quoi pour ne pas revivre ces instants, mais Leonidas paraissait prendre un plaisir cruel à les lui rappeler.

Quand il était sorti de la salle de bains ce matin-là, elle était partie depuis longtemps. Dans les jours qui avaient suivi, elle avait voulu oublier cette erreur de jeunesse, l'effacer presque de sa conscience. Et elle n'en avait soufflé mot à personne, persuadée qu'elle emporterait ce secret dans la tombe.

Aujourd'hui encore, elle avait honte et éprouvait un profond désarroi. Des sentiments qui, de toute évidence, n'effleuraient pas Leonidas. Mais, pour elle, c'était différent. Deux ans avaient beau s'être écoulés, elle demeurait vulnérable face à lui, encore bien plus qu'elle ne l'aurait cru. La meilleure preuve, c'est qu'il avait encore le pouvoir de la blesser.

C'était fou, quand on y songeait…

— Je préfère que nous n'évoquions pas le passé, déclara-t-elle d'une voix atone.

Exaspéré par cette réponse guindée, Leonidas claqua la porte d'un geste décidé et passa sans attendre dans le salon. Les goûts de Maribel n'avaient pas changé, constata-t-il. Si on lui avait présenté son intérieur en photo, il aurait pu sans difficulté le repérer parmi d'autres. Des plantes vertes, des tissus à motifs floraux déclinés dans des tons doux, ivoire, corail, vert amande, ainsi que des tonnes de livres répartis sur des étagères, un peu partout. Rien n'était coordonné et pourtant une atmosphère à la fois raffinée, simple et chaleureuse se dégageait de tout cela.

— Dans ce cas, dis-moi plutôt pourquoi tu t'es sauvée de l'église tout à l'heure ? demanda-t-il de sa voix profonde, à peine teintée d'une pointe d'accent.

Maribel se força à garder les yeux fixés sur sa cravate de soie grise pour ne pas scruter la pièce à la recherche d'un jouet égaré.

— Je ne me suis pas sauvée. J'étais pressée, c'est tout.

— Ça ne te ressemble pas de faire l'impasse sur les civilités. Et je n'ai pas l'habitude qu'une femme me fuie.

— C'est sans doute que je te connais mieux que les autres.

La réplique sarcastique avait fusé avant que Maribel puisse la retenir. Elle se serait giflée. Quelle idiote elle faisait ! Comment lui faire croire maintenant qu'elle n'éprouvait que du détachement envers lui ? En une seule petite phrase, elle venait de trahir le ressentiment et la douleur qui sommeillaient en elle depuis deux ans et que sa seule vue avait suffi à faire rejaillir !

2.

La réponse de Maribel n'amusa pas du tout Leonidas. Les femmes de tout âge l'adulaient et buvaient ses paroles quand il daignait leur parler. Mais pas Maribel. Elle ne se gênait pas pour le tourner en dérision, et ce depuis qu'il la connaissait. Une nuit, une seule, le vinaigre s'était miraculeusement changé en miel dans sa bouche, et il avait adoré. Mais par ailleurs, elle n'avait jamais cherché à le flatter et il fallait avouer qu'il préférait son attitude franche, voire brutale, aux égards dont l'entouraient ses admiratrices.

Toutefois, aujourd'hui il aurait aimé être reçu avec un peu plus d'aménité.

Il étudia ses grands yeux violets à l'expression méfiante, puis sa bouche aux lèvres pleines et sensuelles, d'une couleur rose sombre. Par défi, il fit glisser son regard sur sa silhouette aux courbes ultraféminines, tout en ayant conscience que, cette fois, s'il tentait de la toucher, elle riposterait sans doute par une gifle.

Elle rougit jusqu'à la racine des cheveux.

— Arrête ça tout de suite ! s'emporta-t-elle.

— Que j'arrête quoi ? demanda-t-il, l'air innocent.

— De me reluquer comme ça !

— Je suis un homme, et les hommes regardent les femmes, c'est normal.

— Peut-être, mais ça ne me plaît pas !

— Dommage. Tu ne vas pas m'offrir un café ? Ni prendre

mon manteau et me proposer de m'asseoir ? s'enquit-il encore d'un ton suave qui la hérissa.

— Non !

— Ma foi, tu as vraiment changé. Où sont passées tes bonnes manières ?

Sans attendre d'y être invité, il se débarrassa de son vêtement d'un mouvement souple qui, malgré elle, attira son attention. Elle se ressaisit bien vite, car elle devait absolument rester maîtresse de ses émotions. Leonidas était le seul homme capable de la mettre dans un tel état. Il faut dire qu'avec lui, le mot « sexy » prenait toute sa dimension.

Aujourd'hui encore, sa raison abdiquait devant son instinct quand elle se retrouvait face à lui comme en cet instant.

— Serait-ce à cause de la messe ? La cérémonie t'aurait bouleversée à ce point ? l'interrogea-t-il encore.

D'un geste tout à fait naturel, il tendit la main pour lui frôler le menton. Elle sentit ses jambes flageoler. Non, il ne fallait pas qu'il devienne familier, qu'il franchisse les barrières sociales qui, normalement, auraient dû la protéger. Il n'était pas question qu'elle se souvienne de détails aussi intimes que le goût de ses lèvres ou le parfum épicé de sa peau.

— Au contraire, cela m'a fait du bien de me rappeler Imogène, le contredit-elle.

— Alors quel est le problème ?

Ses yeux noirs piquetés de paillettes dorées la transperçaient, semblaient la sonder à la recherche de tous ses secrets. Elle recula d'un pas.

— Il n'y a aucun problème, mis à part le fait que je n'attendais pas ta visite, assura-t-elle.

— Sans me vanter, j'ai l'habitude d'être accueilli avec plus d'enthousiasme.

Maribel inspira profondément et chercha ce qu'une personne normale aurait dit en de telles circonstances.

— Je suis évidemment très surprise de te voir ici. Nous ne nous sommes pas vus depuis longtemps et j'ai déménagé depuis. Comment t'es-tu procuré ma nouvelle adresse ? J'imagine que c'est ma tante qui…

— Non, je t'ai fait suivre.

Maribel en demeura coite quelques secondes avant d'exploser.

— Mais… *pourquoi* ?

— Par curiosité, je suppose. Et par habitude. Je n'aime guère me reposer sur des étrangers pour obtenir des informations.

Sa nonchalance avait quelque chose d'horripilant. Sans doute cherchait-il à la faire sortir de ses gonds. Elle devait tenir, tenir.

Tout à coup, un mouvement du côté de la salle à manger attira l'attention de Leonidas. Il se pencha et distingua un énorme chien recroquevillé sous la table.

— Je n'avais pas vu que tu avais un chien ! s'exclama-t-il. Mais… qu'est-ce qu'il a ?

— Il est terrifié par les gens qu'il ne connaît pas, expliqua Maribel, heureuse de cette diversion. Et il n'est sans doute pas très malin parce que, quand il se cache la tête comme ça, il pense qu'il est invisible. Il ne faut surtout pas le détromper, ça le perturberait !

— Tu recueilles toujours les animaux malades et estropiés, à ce que je vois. Et tu as un poulailler en plus ? s'écria-t-il en apercevant par la fenêtre une poule qui se promenait en picorant çà et là la plate-bande.

En dépit de sa nervosité, Maribel retint un sourire. Il avait employé le ton horrifié d'un membre de la jet-set qui découvre les mœurs campagnardes. Elle aurait parié que c'était la première fois qu'il approchait une poule de si près ! En d'autres circonstances, elle aurait ri et aurait cogné au carreau pour chasser la poule de sa plate-bande. Mais elle était bien loin d'une telle décontraction.

Elle se résolut à le traiter comme n'importe quel visiteur.

— Je vais faire du café, si tu veux, proposa-t-elle en ébauchant un mouvement vers la cuisine.

— Non merci. Dis-moi plutôt ce que tu es devenue ces deux dernières années.

Maribel se pétrifia. Lentement, elle lui fit face. Il ne pouvait pas savoir pour Elias, se raisonna-t-elle. A moins que quelqu'un ne le lui ait dit après la cérémonie funèbre ? Mais qui ? Les Stratton évitaient de parler d'elle. Pour eux, elle n'était qu'une originale, une « intello » qui menait une vie particulièrement ennuyeuse dans son trou de campagne.

C'est l'anxiété qui la rendait tout simplement paranoïaque, tenta-t-elle de se persuader.

— J'ai essentiellement transformé cette bicoque en un lieu habitable, répondit-elle. Cela m'a pris beaucoup de temps et d'efforts.

Leonidas l'observait. Elle croisait et décroisait les mains, repliait les bras, changeait de position. Sa gestuelle exprimait une extrême nervosité.

— Oui, et je crois que tu as eu un enfant, n'est-ce pas ? reprit-il d'une voix égale qui ne trahissait rien de la tension qui grandissait en lui.

Depuis un moment, il avait beau se dire que ses soupçons étaient certainement infondés, qu'il délirait, que tout cela était ridicule, un pressentiment étrange l'habitait.

— Oui… oui, c'est vrai, acquiesça-t-elle dans un balbutiement. Je ne pensais pas que cela t'intéressait, voilà pourquoi je n'ai pas mentionné ce fait. Si ma mémoire est bonne, tu fuyais les gens qui avaient des enfants en bas âge.

Elle esquissa un sourire forcé. Leonidas aurait pu lui confirmer que ce qu'elle venait de dire était vrai. Il ne s'était jamais intéressé aux enfants et trouvait aussi insupportables que grotesques les parents débordants de fierté qui s'étalaient sur les supposées prouesses de leur progéniture. Quiconque le connaissait un tant soit peu évitait d'aborder un tel sujet en sa présence.

— Qui te l'a dit ? voulut-elle savoir.

— Les Stratton.

— Ah…

Lentement, la peur la gagnait. Lui avait-on mentionné l'âge du petit garçon ? Pouvait-elle lui mentir à ce propos ? Mais en était-elle capable ? Seigneur, elle ne savait pas quoi faire !

— Je suppose que tu as eu droit au couplet sur la fille-mère qui a bien cherché ce qui lui arrive ? reprit-elle avec effort.

— Exactement !

— Ce n'est pas du tout comme ça que ça s'est passé…

Leonidas ne la quittait pas des yeux. Contre toute attente, l'idée qu'elle ait couché avec un autre homme le piquait au vif. C'était stupide et totalement irrationnel, d'autant qu'il ne se montrait jamais possessif envers les femmes. Avec elles, les choses étaient claires dès le départ : chacun était libre et la relation durait ce qu'elle durait. Avec Maribel, évidemment, c'était un peu différent. Tout d'abord, il la connaissait depuis longtemps et puis, il avait été son premier amant. Pour lui, cela comptait. Ils avaient vécu un inexplicable choc érotique qui avait mis un point d'orgue à l'étrange complicité qui s'était tissée entre eux au fil des ans.

— Alors explique-moi ce qui s'est réellement passé, insista-t-il.

— Il n'y a rien de spécial. Je me suis rendu compte que j'étais enceinte et j'ai gardé le bébé, voilà tout.

De plus en plus intrigué, Leonidas la dévisageait toujours. Pourquoi ne faisait-elle pas allusion au père ? S'agissait-il d'une aventure d'une nuit ? Lui en avait-il donné le goût ? Il aurait juré que Maribel Greenaway était tout le contraire de ces femmes libérées qui trouvent tout naturel d'élever un enfant seule, mais la connaissait-il vraiment ? Elle avait en général sur la vie un point de vue plutôt conservateur. Elle allait à l'église, œuvrait en tant que bénévole dans des associations caritatives, portait des tenues classiques qui n'avaient rien d'affriolant.

Perplexe, il laissa glisser son regard vers la cuisine dont

la porte était restée ouverte. Tout à coup son attention se fixa sur les lettres d'alphabet aimantées qui ornaient la façade du réfrigérateur. Un prénom était écrit là.

Incrédule, il bafouilla :

— Co… comment s'appelle ton enfant ?

— Pourquoi me poses-tu cette question ?

— Et pourquoi évites-tu de répondre ?

Maribel eut l'impression de vaciller au bord d'un gouffre. Non, elle ne pouvait pas mentir au sujet de son fils. L'idée même lui semblait inconcevable.

— Elias, répondit-elle dans un souffle quasi inaudible.

Leonidas tressaillit. C'était le prénom de son grand-père, et lui-même s'appelait Leonidas Elias Christos Pallis. De plus, Maribel l'avait prononcé comme on le prononçait dans son pays et non à l'anglo-saxonne.

Réduit au silence, il la fixait de son regard noir.

— Je… j'ai toujours aimé ce prénom, se défendit-elle avec maladresse.

— Elias est un prénom très porté chez les Pallis. Pourquoi l'as-tu choisi ?

Sa voix prenait des intonations coupantes, son regard ne la lâchait pas. Elle sentit l'air lui manquer et sa voix chevrota, comme si une main s'était refermée sur sa gorge :

— Parce qu'il me plaît, c'est tout.

Elle avait beau chercher, elle ne voyait aucune autre raison à invoquer.

Leonidas se détourna, poings serrés. A quoi rimaient ces devinettes ? Il n'était guère patient et détestait l'incertitude dans laquelle il se trouvait plongé. Etait-il en train de fabuler ? Ou bien…

Mais non, c'était impossible. Il n'avait jamais de relations sexuelles non protégées. S'il se montrait parfois téméraire dans ses affaires et dans la pratique du sport, il ne prenait jamais de risques avec la contraception. Il ne voulait pas d'enfants. Il n'en avait jamais voulu. Cela aurait équivalu à offrir à la mère une arme virtuelle contre lui et un accès direct à son portefeuille ! Imaginer que sa vie puisse prendre ce tournant inattendu et qu'il soit astreint à ces responsabilités qu'il avait toujours fuies suffisait à lui donner froid dans le dos.

Il était trop rusé pour commettre une telle erreur.

Mais cette nuit-là… cette nuit qu'il avait passée avec Maribel, juste après les obsèques d'Imogène… il n'avait pas fait attention. Il n'était pas dans son état normal et s'était montré imprudent…

A plusieurs reprises.

Indécise, Maribel fixait la nuque de Leonidas, à l'affût d'une réaction. Le dos rigide, il paraissait consterné, et elle ne pouvait pas vraiment le lui reprocher. Elle ne lui en voulait pas. Bien sûr, elle n'était pas vraiment dans cet état d'esprit quand elle s'était découverte enceinte, mais le temps avait passé et, maintenant, elle ne regrettait rien. Après tout, Elias était son trésor. Il avait enrichi sa vie de manière extraordinaire.

— Autant parler d'autre chose, suggéra-t-elle gentiment.

Leonidas eut un sursaut d'indignation. Comment une femme connue pour son intelligence pouvait-elle proférer une telle bêtise ? Mais si elle avait été capable de porter son enfant et de le mettre au monde sans lui en parler, de quoi n'était-elle pas capable ? Ou était-ce lui qui perdait la tête ? Car enfin, cette histoire n'avait pas de sens. Une personne aussi conventionnelle et bien pensante que Maribel… Non, décidément, il refusait de la voir dans le rôle d'une mère célibataire menteuse et tricheuse.

Mais alors, pourquoi avait-elle appelé son fils Elias ? Pourquoi était-elle si nerveuse ? Et pourquoi semblait-elle si désireuse de changer de sujet de conversation ?

— Suis-je son père ? demanda-t-il tout à trac.

Elle pâlit d'un coup et répliqua :

— Je suis sa mère, et c'est tout ce qui compte.

— Ne sois pas stupide. Je t'ai posé une question très simple et j'attends une réponse franche. Quel âge a-t-il ?

— Je… je ne veux pas discuter d'Elias avec toi. Il n'y a

rien à dire, je… je suis désolée ! Je voudrais que tu partes, maintenant.

Leonidas n'en croyait pas ses oreilles. De toute sa vie, personne ne s'était permis de lui parler de cette façon. Elle voulait se débarrasser de lui !

— As-tu perdu l'esprit ? demanda-t-il avec véhémence. Tu crois sans doute que tu peux m'annoncer cela et t'en tirer ainsi, sans explications, en me mettant purement et simplement à la porte ?

— Je ne t'ai rien dit du tout. C'est toi qui tires tes propres conclusions.

— Voyons, si je n'étais pas son père, tu m'aurais déjà contredit, non ? Maintenant, je suis obligé de penser qu'il est de moi !

— Ecoute, je sais que tu n'as aucune envie d'entendre un conseil de ma bouche, mais je vais te le donner quand même : tu dois garder ton calme et prendre du recul pour analyser tout cela avec un esprit serein et rationnel. Elias est heureux, en bonne santé, et il ne manque de rien. Il n'y a aucune raison pour que tu te sentes concerné ou que tu veuilles t'impliquer dans notre vie.

Leonidas sentit sa rage enfler avec une force qu'il n'avait pas connue depuis la mort de sa sœur, quinze ans plus tôt. Elle avait le culot de vouloir l'évincer de l'existence de son propre enfant ? Car Elias ne pouvait être que son fils, il en était un peu plus sûr à chaque minute qui passait.

— Tu as supposé que je ne voudrais pas en entendre parler, c'est cela ? Est-ce là la logique de ton raisonnement insensé ? Tu as présumé de mes sentiments, de ma réaction si j'apprenais que j'étais père ? Mais tu n'en savais strictement rien, Maribel ! Même moi je ne sais pas ce qui se passe en moi à cet instant précis ! explosa-t-il.

L'atmosphère était si électrique que Maribel n'aurait pas été surprise d'entendre crépiter des étincelles. Elle se mordit la lèvre. Elle devait garder son sang-froid et faire comprendre à Leonidas les faits qu'il refusait d'admettre.

Pour l'heure, il frémissait de fureur et la fusillait de son farouche regard noir.

— Quand est-il né ? demanda-t-il avec brusquerie.

Du bout des lèvres, elle lui indiqua la date. Le silence retomba. A présent, Leonidas n'avait plus de doutes.

— Je veux le voir.

Maribel rougit, pâlit, ouvrit la bouche, la referma sans rien dire avant de secouer frénétiquement la tête. Ses boucles châtaines voletèrent autour de son visage.

— Non, je ne te le permettrai pas, articula-t-elle enfin.

Il la considéra, l'air abasourdi, et elle regretta de ne pas s'être montrée plus diplomate. On ne refusait rien à Leonidas Pallis. « Non » était un mot auquel ses oreilles n'étaient pas habituées, et une réponse inacceptable pour lui. Depuis sa naissance, il avait obtenu tout ce qu'il pouvait désirer au plan matériel, même s'il avait été privé de ces choses essentielles qui aident un enfant à se construire. Il avait survécu à ce désert affectif en se coupant de toute émotion. Aujourd'hui, quand il voulait quelque chose, il mettait tout en œuvre pour l'obtenir, sans se préoccuper des obstacles ou des gens qui se dressaient sur sa route. Lorsqu'on s'opposait à sa volonté, il se montrait brutal et impitoyable, comme seuls savent l'être les puissants de ce monde. Maribel savait très bien que son refus net avait seulement excité sa détermination à la faire plier. Désormais, il considérait qu'un défi venait de lui être lancé.

Il balaya la pièce du regard et ses yeux se fixèrent sur un cadre posé sur le poste de télévision, au fond du salon. En quelques enjambées, il traversa la pièce et s'immobilisa face à la photo d'Elias qui, hilare, serrait contre lui un gros camion rouge.

— C'est lui ? demanda-t-il d'une voix curieusement radoucie.

— Oui.

Leonidas se mit à scruter la photo avec avidité. Chaque détail lui sautait aux yeux : la peau mate du petit garçon, ses cheveux bouclés d'un noir de jais, ses yeux sombres profondément enfoncés dans leurs orbites. Et, bien qu'il n'ait pas tellement de points de comparaison, il songea qu'Elias était certainement le plus charmant bébé qu'il ait vu.

De ses sourcils obliques à son petit menton volontaire, il était évident qu'il portait les gènes des Pallis.

— Leonidas, je t'en prie, ne me déclare pas la guerre. Je te répète qu'Elias est très heureux et que tout va bien dans sa vie.

— C'est un Pallis, manifestement, murmura-t-il, partagé entre l'amusement et l'incrédulité.

— Non, c'est un Greenaway.

Il pivota vers elle.

— Non, Maribel, c'est un Pallis. Tu ne peux pas nier la vérité simplement parce que tu en as envie. Et pourquoi le ferais-tu, d'ailleurs ?

— Je vois une foule de très bonnes raisons. Mais, maintenant que tu as satisfait ta curiosité, veux-tu bien t'en aller ?

Elle s'était approchée et tentait, en vain, de lui confisquer la photo. L'affolement n'était pas loin.

— Ma curiosité ? Tu ne me trouves donc pas d'autres motivations, moins superficielles ? Allons, Maribel, admets que tu me dois une explication.

— Je ne te dois rien du tout et je veux que tu t'en ailles ! D'ailleurs, si tu ne le fais pas… j'appelle la police !

Elle désignait le téléphone. Leonidas éclata de rire. Il ne tarda pas à se calmer en comprenant qu'elle était tout à fait sérieuse.

— Pourquoi agirais-tu ainsi ?

— Parce que je suis chez moi et que tu n'es pas le bienvenu.

— Tu me ferais jeter dehors alors que je viens d'apprendre que je suis vraisemblablement le père de ton enfant ?

La première surprise passée, la prudence se rappelait à Leonidas. Il était trop intelligent pour foncer tête baissée dans un éventuel piège. Il n'aurait pas été raisonnable de reconnaître le petit Elias comme son fils tant qu'aucun test ADN ne serait venu corroborer ses soupçons. Seule une prise de sang pouvait établir leur filiation de manière certaine. Et pourtant, il savait déjà au plus profond de son être que ce petit garçon était le sien. Il ignorait d'où cela venait, mais il en avait l'intime conviction, voilà tout.

La situation aurait pu être bien pire. Au moins avait-il affaire à Maribel, et non à une arriviste aussi dénuée de scrupules que de morale.

— Je vais vraiment appeler la police, le prévint-elle d'une voix chevrotante.

Elle avait très peur qu'Elias se réveille et fasse du bruit à l'étage. Leonidas exigerait certainement de le voir et alors elle perdrait tout contrôle sur la situation.

Dans une gestuelle typiquement grecque, il écarta les bras et leva les yeux au plafond.

— Mais qu'est-ce qui te prend ? Tu crois que je vais t'agresser ? Tu as besoin de te sentir protégée par les forces de l'ordre ?

Elle le considéra de ses yeux immenses, d'un violet profond encore accentué par la pâleur de son teint.

— Tu n'aurais pas dû venir ici. Je veux que tu oublies ce que tu crois avoir découvert, d'accord ? Franchement, Leonidas. Dans ton propre intérêt.

— Pourquoi ? Y a-t-il un pauvre type dans les parages qui serait en droit de penser lui aussi qu'il est le père d'Elias ?

C'était le seul motif plausible qui lui venait à l'esprit pour justifier le comportement aberrant de la jeune femme. Pourquoi voulait-elle le voir déguerpir au plus vite ?

Maribel commençait à avoir la migraine. Tenir tête à Leonidas Pallis n'était pas de tout repos. C'était même mission impossible. Autant vouloir résister à un cyclone.

— Non, il n'y a rien de tel, répondit-elle sans chercher à cacher le dégoût que lui inspirait sa question. Et si tu n'as rien de mieux à faire que de m'injurier…

— Oh, je t'en prie ! Cela arrive couramment de nos jours.

Et, si ce n'est pas cela le problème, inutile de me faire un sermon.

— Pour une fois, je te demande de ne pas penser qu'à toi. En es-tu capable ? s'exclama-t-elle, excédée, à bout de terreur et de tension nerveuse.

— J'en ai assez, maintenant. Dis-moi où est Elias.

Maribel retourna dans le vestibule et ouvrit la porte. Ses doigts moites glissèrent sur la poignée.

— Je vais appeler la police. Je ne plaisante pas, Leonidas. Je n'ai rien à perdre.

Il capitula enfin, tira un bristol de son portefeuille et le jeta sur la table basse du séjour.

— Tiens, voici ma carte. Appelle-moi quand tu seras revenue à la raison.

— Je ne changerai pas d'avis, je peux te le garantir.

Il s'approcha et s'arrêta à sa hauteur.

— Tu veux la guerre ? Tu penses vraiment t'en sortir de cette manière ? Je crois que tu rêves, Maribel. Tu n'es pas de taille.

— Il le faudra bien, parce que je n'ai pas l'intention de te laisser bouleverser la vie de mon fils, et je ferai tout ce qui est en mon pouvoir pour le protéger.

Il haussa les sourcils.

— Le protéger ? Contre moi ? Mais qu'essaies-tu de dire ? Tu deviens insultante, et sans raison. Je ne m'attendais pas à cela de ta part. S'agit-il d'une sorte de vengeance personnelle ? Es-tu en colère parce que je n'ai pas donné de nouvelles depuis deux ans ?

Maribel aurait voulu l'étrangler. Ce n'était pas la première fois qu'il la mettait dans un état de rage muette et de douleur si intense qu'elle ne pouvait presque plus réfléchir. Personne ne savait mieux provoquer que Leonidas Pallis. Personne ne savait mieux que lui toucher le point sensible. Les gens un tant soit peu raisonnables s'arrangeaient pour ne pas s'en faire un ennemi. Mais une femme sensée n'aurait jamais couché avec lui, songea-t-elle avec amertume.

— Pourquoi serais-je fâchée de ne pas t'avoir revu ? Tu crois que j'en avais envie ? rétorqua-t-elle.

Leonidas partit en claquant la porte.

Il était rarement déconcerté. En grandissant, il avait vu les pires travers de la nature humaine réunis chez sa mère. Pourtant, l'attitude de Maribel le stupéfiait. Il avait toujours pensé qu'elle avait un caractère en or : sincère et franche avant tout, elle était attentive aux autres et savait compatir à leurs déboires. C'était, de son avis, le genre de personne condamnée à voir des gens moins scrupuleux tirer profit de son tempérament doux et généreux.

Voilà l'opinion qu'il avait de Maribel Greenaway.

Or, en l'espace d'une demi-heure, ses certitudes venaient de s'écrouler. Hostile, agressive, elle lui avait tenu tête avant de le jeter dehors !

Et, selon toute vraisemblance, elle était la mère de son fils.

A peine remonté dans sa limousine, Leonidas réagit. En homme d'action, il n'aimait pas perdre son temps. Il sortit son téléphone de sa poche et appela le responsable de son service juridique international. Il avait besoin dans les plus brefs délais, lui expliqua-t-il, d'une copie de l'extrait de naissance d'Elias Greenaway. Il fournit encore quelques détails et ignora le silence soudain de son interlocuteur. Leonidas Pallis n'avait de comptes à rendre à personne.

— Demain matin, je veux également sur mon bureau un exposé complet sur la législation qui gouverne les droits paternels en Angleterre, ajouta-t-il.

Quand il raccrocha, sa colère ne l'avait pas quitté. Comment Maribel pouvait-elle se conduire de manière aussi puérile et sotte ? Tout d'abord, elle refusait d'admettre l'évidence. Puis elle lui interdisait de voir son fils ! Et, enfin, elle avait osé sous-entendre qu'il lui fallait protéger l'enfant d'un homme qui ne pouvait rien lui apporter de bon.

Son orgueil avait été mis à rude épreuve !

Elle avait eu un enfant de lui et le lui avait caché.

C'était inouï. Insensé. Si fou qu'il avait encore du mal à démêler ses sentiments.

Tout ce qu'il savait, c'est qu'il était loin, très loin d'en avoir terminé avec Maribel. Et que, plus vite elle le comprendrait, mieux cela vaudrait.

3.

Quand Maribel reprit enfin le contrôle de ses émotions, Elias, à l'étage, gazouillait à tue-tête pour attirer son attention.

La limousine et son cortège de 4x4 avaient disparu depuis longtemps.

Elle monta l'escalier et alla récupérer son fils, qui cria de plaisir quand elle le fit sauter dans ses bras. Elias adorait ce jeu. Emue aux larmes, elle le serra très fort contre elle. Elle savait qu'elle mourrait si jamais il lui arrivait quelque chose et elle était tout à fait certaine d'avoir pris la bonne décision en chassant Leonidas de chez elle.

Mais les laisserait-il tranquilles pour autant ? Sûrement pas, songea-t-elle avec un serrement de cœur. Leonidas ne supportait pas qu'on lui résiste et, par-dessus le marché, il avait l'esprit de contradiction. Si on lui demandait de ne pas faire quelque chose, on était sûr de le voir passer outre. Elias était exactement comme lui ! Mais c'était peut-être là un trait de caractère typiquement masculin ?

Elle emmena Elias et Mickey dans le jardin et, tandis que le chien et l'enfant couraient en tous sens sous son regard vigilant, elle s'assit sur la balançoire et laissa sa mémoire l'entraîner sept ans en arrière.

Imogène, qui avait acheté une maison à Oxford, avait persuadé Maribel, encore étudiante, d'emménager chez elle.

Maribel, soucieuse de réduire ses frais au minimum, n'avait pas vu d'inconvénient à devenir une sorte d'intendante chargée de s'assurer que le Frigo serait plein les rares fois où sa cousine rentrerait chez elle, que les factures seraient payées en temps voulu et que la chaudière serait dûment révisée une fois l'an.

Imogène avait vingt-trois ans, sa carrière de mannequin avait décollé sans toutefois atteindre les sommets glorieux dont elle rêvait. Noctambule invétérée, elle ne tarda pas à croiser Leonidas Pallis un soir, en discothèque, et n'eut de cesse que de lui être présentée.

— Il est si riche que l'argent ne signifie rien pour lui, dit-elle à sa cousine un peu plus tard. Il y avait une fête chez lui, je ne te raconte pas, c'était… extraordinaire ! Il fait partie des hommes les plus admirés de la planète, il est si cool et si sexy que ça me rend dingue ! Oh, et je t'ai dit qu'il était beau comme un dieu ?

En écoutant ce flot de confidences, Maribel se sentit plus inquiète qu'impressionnée. Trop souvent, Imogène tombait en admiration devant des gens qu'elle aurait mieux fait d'éviter. Un play-boy grec connu pour collectionner les aventures, qui se donnait le frisson en conduisant des voitures de sport qu'il cabossait régulièrement ou en descendant en rappel la façade des gratte-ciel, n'était pas vraiment le compagnon dont elle rêvait pour sa cousine.

Fréquenter l'héritier de la fortune Pallis donna toutefois un indéniable coup de pouce à sa carrière de mannequin. Soudain, Imogène fut très demandée et se mit à côtoyer les grands de ce monde. Bientôt, sa vie ne fut plus qu'une suite fiévreuse de séances de pose, de fêtes échevelées et de vacances aux quatre coins du monde.

— C'est lui l'homme de ma vie. Je veux l'épouser. Imagine, Maribel, je vais devenir l'une des femmes les plus puissantes de l'univers ! Mon Dieu, s'il ne me demande pas en mariage, j'en mourrai ! s'écria Imogène au bout de quinze jours.

Et, le soir même, sans prévenir, elle avait ramené Leonidas chez elle pour le présenter à Maribel.

Cette dernière, vêtue d'un confortable pyjama en pilou écossais, était pelotonnée sur son lit, une tasse de chocolat chaud à la main, en train d'étudier un article sur la datation au carbone 14. Elle fut donc très embarrassée quand Imogène fit irruption dans sa chambre, Leonidas sur les talons.

— Léo, je te présente ma cousine Maribel. C'est aussi ma meilleure amie, la meilleure amie du *monde* ! précisa Imogène avec sa fougue coutumière. Elle suit des cours à l'université, comme toi.

Adossé au chambranle, Leonidas eut un sourire amusé et Maribel eut l'impression de recevoir un choc électrique. L'attirance qu'elle éprouva fut immédiate et totalement ingérable pour elle qui n'avait pas l'habitude de ce genre d'émotions. Elle n'avait fréquenté que très peu de garçons et ses rares rendez-vous s'étaient toujours révélés décevants. Une fois, l'un d'eux s'était rapproché d'elle dans l'unique but de lui faire faire ses dissertations ; et puis, il y avait ceux qui espéraient coucher dès le premier soir, ceux qui s'enivraient jusqu'à l'hébétude… En tout cas, aucun ne lui avait fait autant d'effet que Leonidas, ce soir-là.

Mais il sortait avec sa cousine et, dès cette première rencontre, elle mit de côté son inclination et fit tout pour chasser le séduisant jeune homme de son esprit. Durant le mois qui suivit, elle vit à peine Imogène qui résidait chez Leonidas à Oxford, ou dans sa maison de Londres, ou dans toute autre de ses propriétés à l'étranger.

Puis tout à coup, ce fut la fin de leur brève liaison ; une aventure de plus pour Leonidas, mais une immense déception pour Imogène qui avait adoré cette vie luxueuse et avait espéré voir leur relation se concrétiser par une demande en mariage.

Elle s'efforça de donner le change et feignit l'indifférence quand Leonidas s'afficha quelque temps plus tard avec une starlette qui venait de tourner son premier film.

— Si tu veux vivre dans l'univers des Pallis, tu es obligée de partager Leonidas. Aucune fille ne peut le garder pour elle, déclarait-elle, philosophe. Avec le choix qu'il a, pourquoi se contenterait-il d'une seule ?

— Oublie-le, lui conseilla Maribel. Il est égoïste et bouffi d'arrogance. Il n'en vaut pas la peine. Tu devrais cesser de le voir.

— Tu es folle ! J'accepterai toutes les miettes qu'il voudra bien m'abandonner. D'ici à quelques semaines, il se lassera de sa petite actrice et me reviendra peut-être. Tu comprends, quand je suis avec lui, je deviens quelqu'un d'important, je suis reconnue. Je ne peux pas renoncer à ça !

Et de fait, Imogène, qui n'avait pas sa pareille pour faire rire Leonidas, continua de graviter dans son entourage. Et Maribel était sans doute la seule à frémir à la pensée que sa cousine était prête à se couvrir de ridicule pour arracher un sourire au Grec.

Un jour, un incendie se déclara dans l'appartement que Leonidas possédait à Oxford et Imogène l'invita à loger chez elle pendant qu'elle travaillait à l'étranger.

L'animosité de Maribel envers Leonidas s'en trouva décuplée car il se révéla être le pire des colocataires, d'une incompétence rare en ce qui concernait la moindre tâche domestique. Sans préavis ni mot d'excuse, il débarqua un beau matin avec ses affaires personnelles, une cuisinière, un valet, sans compter ses gardes du corps. Ses exigences en matière de sécurité obligèrent Maribel à céder sa chambre confortable pour se trouver reléguée dans une mansarde, au second étage. A toute heure de la journée ou de la nuit, des visiteurs entraient et sortaient de la maison. Le téléphone sonnait en permanence et, dès qu'on ouvrait une porte, on tombait sur des inconnues en petite tenue, souvent éméchées…

Après dix jours de ce régime, Maribel, à bout, perdit son flegme. Elle n'était même pas sûre que Leonidas se soit rendu compte qu'ils habitaient sous le même toit ! Le matin du onzième jour, elle vint lui barrer le passage alors qu'il débouchait sur le palier du premier étage, une ravissante brune à son bras.

— Puis-je vous parler un instant ?

Il la considéra d'un air insolent, sourcils arqués, sourire en coin.

— A quel sujet ?

— J'habite ici au même titre qu'Imogène et je n'apprécie guère votre mode de vie !

Leonidas laissa retomber son bras et murmura à sa compagne :

— Laisse-moi, veux-tu ?

La jeune femme obéit sans un mot. Atterrée, Maribel ajouta :

— Vous avez peut-être l'habitude de vivre dans une boîte de nuit, mais pas moi. Si vous pouviez dire à vos amies de ne pas se promener à moitié nues, et les empêcher de mettre la sono à fond au beau milieu de la nuit, ce serait parfait !

Les yeux noirs pailletés d'or la jaugèrent. Contre toute attente, il posa sa main sur la hanche de Maribel et, d'un mouvement impérieux, la colla contre lui comme si elle n'était qu'une poupée de chiffon.

— Vous savez de quoi vous avez besoin ? D'un homme, un vrai, dans votre lit !

La main de Maribel vola, et elle le gifla si fort qu'elle se fit mal. Ahuri, il recula d'un pas.

— Je vous interdis de me parler comme ça. Et ne posez plus jamais la main sur moi ! avertit-elle d'une voix grondante.

— Etes-vous toujours comme ça ? demanda-t-il, incrédule.

— Non, seulement avec vous ! J'essaie de réviser pour mes examens, vous comprenez ? Et ici, dans cette maison, rien ne vous autorise à vous comporter comme le sale type mal élevé que vous êtes d'ordinaire !

— Je vois. Vous ne m'aimez vraiment pas. Ecoutez, pour me faire pardonner, je…

— Non, pas question ! coupa-t-elle, tout à fait consciente de la manière dont il manœuvrait les gens afin de mieux parvenir à ses fins. Cette fois, vous ne vous en sortirez pas en ouvrant votre portefeuille. Gardez votre argent. Je veux juste que vous mettiez un peu d'ordre ici. Je veux récupérer ma chambre. Je veux vivre dans une atmosphère paisible. Il n'y a pas assez de place ici pour votre nombreuse domesticité et votre équipe de sécurité.

Lorsque Maribel rentra de l'université ce soir-là, elle trouva son ancienne chambre libre et rangée. Toutes ses affaires y avaient été transférées, et il régnait dans la maison un calme absolu.

En guise de remerciement, elle prépara à Leonidas des baklavas et laissa un petit mot sur la table de la cuisine.

C'est deux jours plus tard qu'il lui demanda quand elle comptait ramasser ses chemises sales abandonnées par terre dans sa chambre. Elle lui expliqua alors que son arrangement avec Imogène ne comprenait pas le service de buanderie pour les invités de passage, et que s'il espérait la voir laver son linge sale, il pouvait attendre longtemps !

— Et que suis-je censé faire ? protesta-t-il alors. Je vous rappelle que c'est vous qui avez chassé mon personnel de la maison !

— Etes-vous incapable à ce point ?

— Incapable ? Personne ne m'a jamais traité d'incapable !

Incapable, il l'était certainement. A un point effrayant. Mais un Pallis relevait tous les défis qui se présentaient à lui, et Leonidas avait quelque chose à prouver. Il brûla donc la bouilloire électrique, prit tous ses repas en dehors de la maison et tenta de laver ses chemises dans le sèche-linge. Finalement, Maribel eut pitié de lui. Elle suggéra que ses employés reviennent s'occuper de ses affaires, tout en continuant à loger ailleurs.

Une trêve incertaine fut déclarée. Quand il voulait s'en donner la peine, Leonidas pouvait se montrer charmant. Et Maribel eut la surprise de découvrir qu'il était également très intelligent.

Deux jours avant d'emménager dans son nouvel appartement, il rentra à l'aube, totalement ivre. Réveillée par le raffut,

Maribel se leva pour lui infliger un sermon sur les méfaits de l'alcool. Elle se trouva réduite au silence quand il lui expliqua d'une voix pâteuse que ce jour était le jour anniversaire de la mort de sa sœur.

Ebranlée, elle l'écouta épancher son chagrin, mais apprit finalement peu de choses car il parla en grec la plupart du temps, avant de conclure qu'il ne savait pas pourquoi il lui faisait toutes ces confidences.

— Parce que je suis gentille et discrète, répondit-elle avec un sourire.

Elle ne se faisait pas d'illusions, il n'y avait aucune autre raison cachée. Elle savait bien qu'elle était insignifiante, rabat-joie et trop enrobée. Et pourtant, c'est cette nuit-là qu'elle tomba éperdument amoureuse de Leonidas Pallis, lorsqu'elle comprit quel être brisé par un passé douloureux se cachait sous cette apparence de play-boy superficiel.

Le jour où il partit, il l'embrassa, sans aucun signe précurseur. Au beau milieu d'une conversation parfaitement anodine, il se pencha et posa sa bouche sur la sienne, dans un baiser affamé, exigeant, qui paralysa Maribel quelques secondes.

— Non !

Il la regarda avec étonnement.

— Tu es sérieuse ?

— Très sérieuse !

Ses lèvres la brûlaient. Elle s'écarta à la hâte et rit pour masquer son embarras. Elle voulait croire qu'il l'avait embrassée parce qu'une relation platonique entre un homme et une femme était tout simplement inconcevable pour lui.

Connaissant les sentiments de sa cousine envers lui, elle se culpabilisa de ce baiser qu'elle n'avait pas provoqué, à tel point qu'elle finit par en faire la confidence à Imogène.

Celle-ci eut un fou rire mémorable.

— Quelqu'un a dû parier avec Leonidas qu'il n'oserait pas ! Parce qu'on ne peut pas dire que tu ressembles aux filles avec qui il sort d'ordinaire, hein ? pouffa-t-elle, sans même se rendre compte de sa cruauté.

*
* *

Ces souvenirs avaient une saveur douce-amère, admit Maribel, tandis que ses pensées revenaient lentement vers le présent. Quand elle avait revu Leonidas après cet épisode, elle avait déguisé son embarras en ironie. Tout en montant une succession d'affaires commerciales qui lui avaient rapporté des millions, Leonidas avait continué à sortir avec une kyrielle de femmes toutes plus sublimes les unes que les autres. Les paparazzi le suivaient pas à pas, et chacun de ses déplacements faisait les gros titres des tabloïds. De son côté, Imogène travaillait de moins en moins et plongeait chaque jour un peu plus dans le style de vie destructeur qui allait causer sa perte. Et, un peu plus d'un an avant sa mort, Leonidas cessa de répondre à ses coups de téléphone.

Maribel attrapa Elias qui courait vers elle et l'assit sur ses genoux. L'enfant riait aux éclats. Les yeux pleins de larmes, elle résista à l'envie de le serrer dans ses bras avec passion et, comme il se mettait à gigoter, elle le reposa sur ses pieds pour le laisser jouer. Il était si vivant ! Leonidas, lui, avait eu une enfance difficile. Devenu adulte, il ne saurait pas donner à son enfant le goût du bonheur et de la confiance en autrui. Elias ne pouvait compter que sur elle pour lui transmettre de telles valeurs. En conclusion, mieux valait pas de père du tout plutôt qu'un mauvais père.

Leonidas se sentit encore plus frustré lorsqu'il découvrit l'extrait de naissance d'Elias Greenaway. Il n'était pas désigné comme le père sur le document. Etant donné la situation, c'était plutôt logique, mais cela le mit hors de lui.

— Je veux qu'on procède à un test ADN au plus vite et que la vérité soit faite, déclara-t-il à ses trois avocats qui le regardaient d'un air circonspect de l'autre côté de la table.

Le plus âgé toussota.

— Dans le cas où le père et la mère ne sont pas mariés, un test de recherche en paternité ne peut être exigé qu'avec l'accord de la mère. Comme votre nom ne figure pas sur ce papier, vous ne disposez pas de l'autorité parentale, comprenez-vous ? Puis-je vous demander si vous entretenez une relation cordiale avec Mlle Greenaway ?

Leonidas plissa les paupières et rétorqua :

— Avec Dr Greenaway, s'il vous plaît… Mais la nature de notre relation n'entre pas en ligne de compte. Concentrez-vous plutôt sur mes droits.

— En l'absence de mariage, la loi britannique favorise la mère. Si vous obtenez l'accord du Dr Greenaway, il n'y aura pas de problème pour le test ADN, le partage de l'autorité parentale et un éventuel droit de garde. Toutefois, sans l'aval de la mère, nous rencontrerons d'énormes difficultés. Notre seule solution sera d'aller au tribunal et, en général, les juges sont favorables à la cause maternelle.

Très calme en apparence, Leonidas réfléchissait aux données qui venaient de lui être communiquées. Personne n'aurait pu le deviner à sa mine impassible, mais il était en fait très surpris de ce qu'il venait d'apprendre.

— Ainsi, je dois d'abord obtenir son consentement ? murmura-t-il enfin.

— Ce serait l'approche la plus raisonnable.

Leonidas hocha la tête. Il comprenait ce que voulait dire l'avocat. Pour un homme de son importance, les règles étaient aisément contournables. Quand on poursuivait la victoire — et il n'avait jamais d'autre but —, il n'était pas question de jouer franc jeu et les naïfs étaient souvent balayés dans la bagarre.

Ce n'était cependant pas cette voie qu'il entendait suivre avec Maribel qui, il s'en souvenait très bien, avait été un jour horrifiée de surprendre Imogène en train de tricher aux cartes.

Pour le moment, il voulait bien employer les moyens de persuasion conventionnels.

Pour le moment.

Maribel décrocha son téléphone de bureau et fit un bond sur sa chaise en reconnaissant la voix de Leonidas.

— Qu'est-ce que tu veux ? lança-t-elle sans se soucier des salutations d'usage.

— Te parler.

— Nous nous sommes tout dit hier et là, je suis au travail !

— Je sais que tu as une heure de libre avant ton prochain cours. Rendez-vous dans cinq minutes…

Ils avaient été coupés.

Maribel aurait dû maudire son incroyable toupet. Mais ce qui lui vint tout d'abord à l'esprit, c'est qu'elle ne s'était pas maquillée ce matin-là, qu'elle avait passé une nuit quasi blanche et qu'elle devait avoir une mine épouvantable…

Elle saisit une brosse et un miroir dans son sac, puis entreprit de se recoiffer rapidement. Elle était pâle et la fatigue se lisait sur ses traits tirés. Son chemisier était chiffonné, son pantalon noir d'une affreuse banalité et ses derbys confortables n'avaient rien à voir avec les souliers de vair de Cendrillon…

Mais quelle importance, au bout du compte ? Aucune bonne fée n'allait surgir pour la transformer d'un coup de baguette magique en une créature sexy et glamour, alors…

Leonidas pénétra dans son bureau de cette démarche féline qui n'appartenait qu'à lui. Son regard sombre tomba sur Maribel qui se tenait le dos droit, la bouche pincée, dans une attitude clairement hostile. Il soupira :

— Je ne viens pas en ennemi, Maribel.

Elle réussit à ne pas trahir l'émotion qui s'emparait d'elle comme chaque fois qu'elle voyait ce visage patricien, avec son front haut barré de sourcils noirs obliques, ses pommettes saillantes et sa mâchoire volontaire. Les yeux noirs aux profondeurs insondables exerçaient un attrait magnétique sur elle.

Elle se réfugia dans l'indignation.

— Tu ne manques pas d'audace de venir me relancer

jusqu'ici ! Nous sommes dans un établissement public, et sur mon lieu de travail. Et puis, tu es une célébrité, les gens vont te reconnaître et ensuite, on ne cessera de me poser des questions…

Il haussa les épaules.

— Je suis un Pallis, je n'y peux rien. Et tu devais bien te douter que nous n'en resterions pas là. Nous devons discuter. Ici au moins, tu ne vas pas me menacer d'ameuter la police.

— Ne me dis pas que tu as eu peur de repartir entre deux gendarmes, hier. De toute façon, tes gardes du corps n'auraient laissé personne t'approcher.

Elle s'était levée et lissait nerveusement les pinces de son pantalon. Leonidas contourna le bureau pour la rejoindre. Coincée entre sa haute silhouette et sa chaise, elle éprouva aussitôt une sensation d'étouffement. La pièce était déjà exiguë et encombrée, car un second bureau y était installé. Mais, refusant de se laisser intimider, elle soutint son regard perçant.

C'était une erreur. Des flammes semblaient éclairer les prunelles de jais piquetées de paillettes d'or. Son visage était si proche qu'elle entrevoyait l'éclat de ses dents très blanches entre ses lèvres entrouvertes sur un demi-sourire. A son grand dam, elle sentit une langueur insidieuse s'emparer d'elle, et les pointes de ses seins se dresser sous son chemisier en coton. Dans un mouvement de défense, elle croisa vivement les bras sur sa poitrine.

— Je n'ai toujours pas les réponses à mes questions, fit-il remarquer. Sois réaliste, Maribel. Franchement, quel homme dans ma position se bornerait à tourner les talons après avoir fait une telle découverte ?

Mais Maribel ne voulait pas être réaliste. Elle voulait juste retrouver sa tranquillité d'esprit, qu'il s'en aille et qu'il la laisse en paix.

— Que faut-il que je te dise pour que tu comprennes ? s'exclama-t-elle en désespoir de cause.

— Rien. Mets-toi à ma place. Redeviens la femme rationnelle que je connais. Tu me demandes de passer mon chemin sans chercher à savoir si cet enfant est vraiment le mien. C'est absurde.

Sa voix grave et profonde produisait sur elle un effet quasi hypnotique. Elle serra les lèvres pour retenir les mots qui se précipitaient sur ses lèvres, et finit par bredouiller :

— Oui, mais… ce n'est pas si simple.

— Ne crois-tu pas que ton enfant a le droit de connaître l'identité de son père ? Jusqu'à mes sept ans, j'ai cru que le mien était le premier mari de ma mère. Mais, après le divorce, il s'est révélé que quelqu'un d'autre était responsable de ma naissance. Tu vois, je sais de quoi je parle. As-tu l'intention de mentir à Elias ?

— Oui… non ! Oh, pour l'amour de Dieu, je… je ne sais pas, je ferai ce qu'il y a de mieux dans son intérêt ! s'écria-t-elle, prise de court et complètement désarçonnée par la franchise dont il faisait preuve.

— Un jour, il sera adulte, et tu le perdras si tu commets l'erreur de lui mentir à propos de son père. Tu n'y avais pas pensé, n'est-ce pas ? Du moins pas en ces termes. Tu as tout simplement oublié qu'il avait des droits, lui aussi.

Maribel frémit sous son regard accusateur et demeura muette.

— De même, as-tu songé à ce qui se passerait s'il t'arrivait malheur alors qu'il est encore petit ? Qui s'occupera de lui ?

— J'y ai pensé, justement, et j'ai déjà pris des dispositions par testament.

Leonidas se tendit soudain, telle une panthère sur le point de fondre sur sa proie.

— Suis-je mentionné dans ce document ? demanda-t-il.

Il y eut un silence. Puis, les joues en feu, les yeux rivés au sol, Maribel secoua la tête. Elle mit un long moment avant d'oser affronter de nouveau son regard et y lut une telle condamnation qu'elle se sentit glacée jusqu'aux os. Il ne fallait pas se faire d'illusions, même si elle était restée très évasive, Leonidas savait désormais à quoi s'en tenir concernant Elias. Son cœur se serra. Elle aurait tant voulu pouvoir remonter le cours du temps, faire ce qu'il fallait pour qu'il ne découvre pas son secret et retrouver la petite vie paisible qui était la sienne hier encore…

Mais c'était impossible.

Ses épaules s'affaissèrent. Elle se sentait groggy comme un boxeur qui vient de combattre dix rounds d'affilée.

— Très bien, admit-elle dans un soupir de défaite. C'est vrai, tu es son père.

Leonidas fut sidéré par l'immense sentiment de satisfaction qui l'envahit sur-le-champ. Il était également soulagé. Au moins ne serait-il plus obligé de faire pression sur la jeune femme pour apprendre la vérité. Comme il l'avait prévu, Maribel avait fini par écouter la voix de sa conscience.

Ainsi, ce petit garçon était le sien. C'était un Pallis et, par là même son héritier ! Ses trois grands-tantes allaient être aux anges, alors que des parents plus éloignés et plus avides devraient digérer leur déception à l'idée de se voir amputer d'une bonne part d'héritage.

Depuis longtemps, Leonidas avait décrété qu'il resterait célibataire et que, par conséquent, il n'aurait pas de descendance. Toutefois, il n'avait pas envisagé le cas de figure d'un enfant conçu hors des liens du mariage. C'était avoir les avantages sans les inconvénients et, sur le plan personnel, il venait certainement de faire une excellente affaire, se félicita-t-il.

— Je savais bien que tu ne pourrais pas continuer de me mentir, dit-il à Maribel d'un air radouci. Tu as bien réagi et je te respecte beaucoup pour cela.

— Tant mieux, parce que personnellement, je pense que c'est la chose la plus insensée que j'aie jamais faite.

Elle avait l'impression qu'il venait de lui arracher la victoire et était bien consciente que les bons sentiments étaient un handicap quand on affrontait Leonidas. Il ne faisait pas de quartier. Deux ans plus tôt, il avait piétiné son amour-propre. Les filles comme Imogène cumulaient sans problème les aventures d'un soir, mais Maribel, elle, avait cru que son cœur se déchirait. Et la souffrance insoutenable avait duré des semaines, des mois…

Leonidas lui prit la main et sentit ses doigts frémir entre les siens. Elle était troublée et elle avait peur de lui. Pourquoi ? D'un geste apaisant, il se mit à caresser son poignet, là où palpitait une petite veine bleue. Son regard chercha le sien, mais dévia sur sa bouche aux lèvres pleines et roses. A cet instant, le désir l'envahit et, pour la première fois, il ne chercha pas à le réprimer. Seule cette femme était capable de déclencher en lui ces sensations extrêmes. Séduire Maribel, deux ans plus tôt, avait été une aventure pleine de douceur et d'inattendu, se rappela-t-il. Et aujourd'hui il était confiant. Ils réussiraient sûrement à résoudre leurs problèmes.

— Pourquoi dis-tu cela ? murmura-t-il. Tu sembles tellement te méfier de moi ! Mais je ne te tiens rancune de rien, tu sais.

— Non… pas pour le moment, peut-être.

Maribel avait perçu le changement subtil d'atmosphère. Elle avait vu l'étincelle s'allumer tout à coup dans les yeux de Leonidas quand il avait regardé sa bouche. En réaction, son cœur s'était mis à battre plus vite. On aurait dit que le temps s'était arrêté, alors que tous ses sens se mettaient en alerte.

Seigneur, la situation n'était pas loin de déraper, songea-t-elle, affolée.

— Cette histoire nous est tombée dessus sans que nous le voulions, reprit-il, conciliant. Je ne te jette pas la pierre. Nous avons été imprudents, voilà tout.

— *Tu* as été imprudent !

— J'avais oublié mon portefeuille dans la limousine, mais c'est toi qui as refusé que je téléphone pour qu'on vienne me l'apporter. C'est pour ça que je n'avais pas de préservatifs et que…

— Je ne voulais pas que ton chauffeur et ta cohorte de gardes du corps sachent ce que nous étions en train de faire ! protesta-t-elle, les joues enflammées au souvenir de son embarras.

Leonidas eut un sourire amusé.

— Je suis resté avec toi toute la nuit, souviens-toi. Cela a dû leur mettre la puce à l'oreille, tu ne crois pas ? Alors quelle importance ?

— Je ne tiens pas à en discuter ! trancha-t-elle en cherchant à lui retirer sa main.

La conversation prenait un tour dangereux. Elle ne voulait pas évoquer ces souvenirs intimes, surtout quand il se tenait aussi près d'elle et que chaque fibre de son corps semblait consciente de sa proximité.

Soudain, il posa son autre main au creux de sa taille, et ce fut comme s'il venait d'annihiler sa raison et sa volonté.

Tout à coup, l'interdit lui paraissait désirable et follement excitant…

— C'est toi qui compliques les choses. Pour moi, elles sont très claires, au contraire, chuchota-t-il.

Maribel savait déjà qu'elle regretterait amèrement plus tard ce qu'elle s'apprêtait à faire, ou plutôt à laisser faire. Elle se haïrait de n'avoir pas su lui résister. Pourtant, lorsqu'il inclina la tête, elle ne put s'empêcher de se dresser sur la pointe des pieds pour venir à sa rencontre.

Sa bouche captura la sienne, chaude, exigeante. Une décharge de plaisir l'électrisa tout entière. Elle perdit pied et accepta l'invasion de sa langue, ne protesta pas non plus quand la pression de sa main s'accrut sur sa hanche pour lui faire sentir la fermeté de son érection. En réponse, un brasier s'alluma au creux de son ventre et elle faillit gémir sous ses baisers.

Comment en étaient-ils arrivés là ? Que s'était-il passé ? Ces questions passaient dans son esprit hagard alors même qu'elle réunissait toutes ses forces pour plaquer ses mains contre sa poitrine et le repousser.

Le sentiment d'arrachement et la douleur furent aussi forts que si elle avait essayé de s'amputer d'un membre.

D'un bond, elle se retrancha derrière sa chaise qu'elle tint à bout de bras par le dossier, tel un rempart contre lui. Ses jambes menaçaient de se dérober sous elle. En même temps, sa colère enflait. Elle avait eu un moment de faiblesse et, bien entendu, Leonidas en avait aussitôt profité. Elle savait qu'elle aurait dû se méfier de lui et, au lieu de cela, il avait fallu qu'elle lui tombe dans les bras !

— A quoi joues-tu, Leonidas ? demanda-t-elle d'une voix frémissante. Essaies-tu de te venger parce que je t'ai jeté dehors hier ? Je t'ai piqué au vif, c'est cela ? Tu viens de découvrir que tu es le père de mon fils et ta première réaction, c'est de me faire des avances ? J'ai peine à le croire !

— Et pourquoi pas ?

Leonidas n'avait nullement prémédité son baiser. Il avait suivi l'impulsion du moment et avait été récompensé par une réaction plus qu'encourageante. Il ne voyait pas du tout de quoi il se serait excusé, d'autant que son désir ne s'était pas éteint et qu'il mourait d'envie de la reprendre dans ses bras.

— Je ne vois pas ce que nous faisons de mal. J'accepte d'assumer toutes mes responsabilités…

— Arrête, je t'en prie ! Tu n'as jamais voulu t'embarrasser d'une femme !

— Je parlais d'Elias. Je suis prêt à…

— Tu n'as rien à lui offrir. En dehors du travail, tout ton temps est consacré à séduire et à t'amuser. Tu l'as prouvé à l'instant. J'ai failli oublier pourquoi je ne pouvais te permettre d'entrer dans la vie de mon fils, mais heureusement tu viens de me rafraîchir la mémoire !

Son mépris choqua profondément Leonidas. Les yeux étincelants, il se redressa de toute sa taille.

— Eh bien, tu vas devoir t'habituer à cette idée, parce que je te préviens tout de suite que je n'ai pas l'intention de demeurer un étranger pour lui, rétorqua-t-il froidement.

— Je t'empêcherai de perturber sa vie, coûte que coûte, riposta-t-elle, les poings serrés comme un boxeur face à son adversaire.

— Mais… ton attitude est aberrante, tu sais ? Donne-moi une seule bonne raison qui puisse l'expliquer ?

— Il n'y a qu'à regarder le bien que cela t'a fait de naître au sein de la famille Pallis ! Tu es complètement irresponsable.

Tu n'as aucun respect pour les femmes. Tu as la phobie de tout engagement et…

— C'est faux !

— Non, c'est la vérité et tu le sais. Pour le moment, Elias a pour toi l'attrait de la nouveauté. Tu le vois comme un jouet, rien de plus. Il n'y a que tes affaires que tu prends au sérieux. Comprends-moi, je ne te blâme pas pour tes lacunes. Ce n'est pas ta faute. Néanmoins je ne vais pas te laisser saccager l'existence de mon fils pour autant. C'est à moi, sa mère, de le protéger contre le mal que tu es susceptible de lui faire.

— Et puis-je savoir… ce que tu entends par… mes *lacunes* ? s'enquit Leonidas qui bégayait sous le coup de la fureur.

— Elias est unique, précieux. Qu'as-tu à lui offrir hormis ton argent ? Tu ignores totalement ce qu'est la vie de famille et quels sont les besoins élémentaires d'un enfant, comme les repères et la stabilité. D'ailleurs comment le pourrais-tu après l'éducation que tu as reçue ? Un parent doit être prêt à faire passer son enfant avant tout, à veiller sur lui, à se montrer d'une infinie patience. Toi, tu ne chéris que ta liberté, la liberté de faire exactement ce qui te plaît quand cela te plaît. Or c'est précisément ce que tu perdrais en premier si tu devenais père. Je te connais, tu ne tiendrais pas plus d'une semaine.

Leonidas resta un instant déconfit après cette longue diatribe. Puis il s'écria :

— Mets-moi à l'épreuve ! Qui es-tu pour me juger et me condamner sans me laisser la moindre chance ? Tu n'as jamais vécu que dans ta petite bulle surprotégée d'intellectuelle. De quel droit me traites-tu d'irresponsable ?

— J'en ai plus le droit que quiconque, justement. Tu n'as jamais daigné appeler pour prendre de mes nouvelles après cette nuit que nous avons passée ensemble !

— Oui, et alors ? Pourquoi aurais-je dû le faire ?

— Parce que c'est ce que ferait tout homme digne de ce nom en cas de risque de grossesse.

Leonidas égrena un chapelet de jurons grecs avant de répondre :

— Mais c'est toi qui es partie sans même me dire au revoir !

Maribel songea à ce qui s'était réellement passé ce matin-là et ne put s'empêcher de tressaillir. S'en aller dans le calme et la dignité, c'est bien ce qu'elle aurait dû faire. Hélas, les choses ne s'étaient pas vraiment déroulées ainsi. Toutefois, Leonidas n'en savait rien et, tant de temps après, elle se disait que cela ne le regardait pas.

Mais l'épisode était encore douloureux dans sa mémoire et la blessure d'orgueil toujours cuisante.

Sans se laisser démonter, Leonidas reprit :

— Au contraire, c'était à toi de me joindre quand tu as découvert que tu étais enceinte !

— Tu ne méritais pas que je t'accorde cette importance.

Une moue méprisante plissa ses lèvres sensuelles, puis il ajouta :

— Alors, c'est à cela que tout se résume ? Je ne t'ai pas rappelée et tu t'es vengée en ne me disant rien ; et, aujourd'hui, tu continues en m'interdisant de voir Elias ?

— Ne déforme pas la réalité. Sois un peu honnête avec toi-même, Leonidas. Souhaites-tu vraiment avoir un enfant dans ta vie ? Ce serait une nuisance pour toi, admets-le.

Deux jours plus tôt, il n'aurait pu prétendre le contraire et aurait reconnu avec franchise ne pas savoir que faire d'un tel boulet... Maintenant, la question prenait une tout autre dimension. Il ne pouvait s'ôter de l'esprit l'image de ce petit garçon brun aux yeux rieurs, comme si poser les yeux sur sa photo avait fait de lui un homme neuf.

Mais cela, il ne pourrait le faire comprendre à Maribel qui le rejetait et ne lui trouvait que des défauts !

La porte du petit bureau s'ouvrit tout à coup. La collègue avec qui Maribel partageait son lieu de travail entra en coup de vent en s'exclamant :

— Mais qui sont donc tous ces gens dans le couloir ?

Elle aperçut Leonidas et se figea, confuse, avant de reprendre :

— Pardon, j'ignorais que tu étais en rendez-vous, Maribel.

— Ce n'est pas grave, j'étais sur le point de partir, déclara Leonidas.

Sur ces mots, il quitta la pièce.

Maribel ne put s'empêcher de sortir pour le regarder s'éloigner, flanqué de ses trois gardes du corps. Machinalement, elle leva la main et frôla sa lèvre inférieure qui la picotait encore. Cela ressemblait tant à Leonidas de mélanger sexe et conflits ! Dès qu'il était question de séduction et de désir, il se sentait en terrain conquis. En revanche, il ne savait pas gérer ses émotions et prenait toujours la fuite dès que celles-ci devenaient trop fortes.

Elle se rendit compte que, du pas de la porte, sa collègue la dévisageait, les yeux écarquillés.

— Seigneur, mais… je ne rêve pas ! C'était bien… Leonidas Pallis, n'est-ce pas ? articula-t-elle, interdite.

Le long du couloir, plusieurs têtes pointaient par les portes entrouvertes et, soudain, elles se tournèrent vers Maribel. Elle n'avait pas fini d'entendre parler de cette visite-surprise…

4.

Cette nuit-là encore, Maribel ne put trouver le sommeil.

Quand était-elle tombée amoureuse de Leonidas Pallis ? Presque sept ans plus tôt. Cela sonnait comme une peine de prison et il fallait bien avouer que, souvent, elle avait eu cette impression d'enfermement et de punition. Elle avait fait des efforts pour s'intéresser à d'autres hommes, mais on aurait dit précisément que son cœur était enfermé à double tour. Ni son intelligence ni sa raison n'avaient eu la moindre influence sur ses sentiments. Elle n'avait pas réussi à l'oublier, alors qu'elle connaissait ses défauts et avait du mal à le respecter en tant que personne. Et, le soir des obsèques de sa cousine, face au désarroi de cet homme si peu habitué à gérer ses émotions qu'il n'avait même pas su identifier son chagrin, elle avait baissé sa garde.

Neuf mois après, Elias était né.

« Qui es-tu pour me juger ? » Le surlendemain de la visite de Leonidas, cette question tournait toujours dans la tête de la jeune femme. Persuadée qu'elle ne le reverrait jamais, elle ne s'était pas inquiétée. Aujourd'hui il savait, et soudain, sans y avoir vraiment réfléchi au préalable, elle se voyait contrainte de justifier ses choix et sombrait dans le doute.

Avait-elle le droit de priver Elias de l'affection d'un père ?

Habituée à prendre ses décisions seule, elle se rendit compte qu'elle était trop impliquée pour pouvoir réfléchir en toute lucidité et qu'il serait sage d'aller chercher conseil auprès d'une personne amie, discrète et fiable.

En fin de matinée, elle alla voir Ginny Bell et lui confessa l'identité du père d'Elias. Il fallut un long moment à son amie pour se remettre de sa stupeur.

— Leonidas Pallis ! Ce milliardaire grec qu'on voit dans tous les magazines people ? L'ex d'Imogène ? C'est bien de lui que tu parles ?

Rouge comme une tomate, Maribel acquiesça. Ginny hocha la tête, interloquée.

— Mon Dieu ! Je n'ai jamais osé te demander qui était le père d'Elias, car tu ne semblais pas disposée à aborder le sujet. A dire vrai, je tombe des nues ! Mais pourquoi me dis-tu cela aujourd'hui ?

— Leonidas vient de tout découvrir, et maintenant, il exige de voir Elias. Evidemment, j'ai refusé.

Ginny fit la grimace.

— Je ne sais pas si c'est une bonne idée. Leonidas Pallis est très puissant, et l'attaquer de front n'est sans doute pas ce qu'il y a de plus judicieux.

— Il est vrai que ma réaction l'a mis hors de lui, avoua Maribel.

— Mets-toi à sa place. Si quelqu'un t'interdisait de voir ton propre enfant, tu ne pourrais pas le prendre bien. Essaie de voir la situation de son point de vue, ou du moins sous un autre angle.

— Oui, eh bien, ce n'est pas facile ! marmonna Maribel.

— Vous devez bien pouvoir trouver un compromis. Tu ne dois pas te faire un ennemi de cet homme. N'est-ce pas plus dangereux que tout ? On entend tous les jours des histoires horribles d'enfants enlevés par leur père qui les séquestre à l'étranger…

— Oh je t'en prie, ne me fais pas peur comme ça ! s'écria Maribel, qui avait senti son sang se glacer dans ses veines.

— Pour le moment, vous êtes en conflit, vos émotions sont exacerbées. Si j'étais toi, je tâcherais de calmer le jeu.

— Mais je ne pense pas que Leonidas soit sérieux dans son brusque désir d'enfant. C'est la curiosité qui le motive pour le moment, rien d'autre. Je suis sûre qu'il ne s'impliquera pas vraiment dans cette relation si je lui permets de voir Elias. Il n'a jamais aimé les enfants. Ils l'agacent et le mettent mal à l'aise.

— Tu as l'air de bien le connaître. Alors, dans l'intérêt de ton fils, sers-toi de vos liens avant qu'ils ne se dénouent une fois pour toutes. Un jour, Elias voudra savoir d'où il vient et quelles sont ses origines. Selon toute probabilité, il exigera de connaître son père. Prendre les décisions à sa place aujourd'hui est une lourde responsabilité, et tu dois t'efforcer d'y résister.

Déstabilisée dans ses certitudes et un peu honteuse d'avoir eu une attitude si tranchée, Maribel gardait cependant ses réserves. C'est donc dans un état d'esprit mitigé qu'un peu plus tard, elle composa le numéro de la ligne privée communiqué par Leonidas.

Il répondit lui-même et, dès qu'il reconnut la voix de la jeune femme, il fit signe à son assistant qui se trouvait dans son bureau de ne pas le déranger durant sa conversation téléphonique.

— Je t'écoute, Maribel.

— Voilà, j'ai réfléchi, et… c'est d'accord, j'accepte que tu voies Elias. Je me suis rendu compte que j'étais allée trop loin. Quand tu seras disponible, fais-le-moi savoir et nous organiserons une rencontre.

Un sentiment de triomphe envahit Leonidas.

— Je vais envoyer une voiture vous chercher d'ici à une heure, ça ira ?

A l'autre bout du fil, Maribel hésita, un peu prise de court. Elle aurait préféré rester en terrain connu pour superviser « l'opération ». D'un autre côté, les mises en garde de Ginny l'avaient effrayée. Elle ne voulait pas s'aliéner Leonidas.

— Eh bien… c'est un peu précipité, mais comme je ne travaille pas aujourd'hui, c'est entendu.

— Je suis satisfait, *glikia mou.* A tout à l'heure.

Maribel raccrocha, sur la défensive, puis gagna l'étage pour aller changer et habiller Elias.

Une heure plus tard, elle vit arriver devant chez elle une immense limousine noire aux vitres fumées, suivie d'un second véhicule plein de gardes du corps. Si elle avait compté sur une arrivée discrète, c'était raté !

Quelques instants plus tard, bien installé dans son siège-auto et nullement impressionné par l'habitacle spacieux de la limousine, ses banquettes en cuir crème et son équipement luxueux, Elias s'endormit. Maribel en profita pour retoucher son maquillage. Elle s'avisa brusquement qu'elle n'avait même pas demandé à Leonidas où aurait lieu la rencontre. La voiture ne roulait pas vers Londres, constata-t-elle avec une certaine appréhension.

Une bonne demi-heure passa avant que la limousine ne tourne dans une allée de sable qui conduisait à une demeure de style géorgien. Niché au cœur d'un grand parc boisé, l'endroit aurait constitué le cadre idéal d'un film historique à grand spectacle.

Résolue à ne pas montrer sa nervosité, Maribel cala Elias sur sa hanche et pénétra dans l'immense hall dallé où une équipe de football aurait pu s'entraîner à l'aise. Un domestique vint ouvrir en grand la porte d'un salon meublé d'antiquités et décoré avec goût. Maribel s'immobilisa sur le seuil. Puis, comme Elias gigotait dans ses bras, impatient de se dégourdir les jambes, elle le déposa par terre.

Le regard de Leonidas se porta naturellement vers Maribel. Au moment où elle se penchait, il ne put s'empêcher d'admirer la rondeur de ses seins au creux de son décolleté. Il s'agaça d'éprouver un désir désormais familier. L'heure était grave, et la tenue citadine de Maribel n'avait rien d'aguichant. Pourtant, en cet instant, elle lui faisait autant d'effet que si elle s'était lancée dans un strip-tease !

C'est alors que son attention se reporta sur le petit personnage qui venait de débouler dans la pièce. D'un coup, ses pensées érotiques le désertèrent.

— Mon Dieu… il est si petit ! souffla-t-il.

Sur le point de répondre qu'Elias était au contraire très grand pour son âge, Maribel leva les yeux sur Leonidas et oublia ce qu'elle s'apprêtait à dire. Vêtu d'un simple jean noir et d'un T-shirt couleur moka couplé avec une veste décontractée mais chic, il lui parut encore plus beau que d'ordinaire. En comparaison, elle se sentit godiche et terne.

Elle baissa les yeux et s'aperçut que son fils était en train d'escalader la table basse placée au milieu du salon, devant la cheminée.

— Elias, non !

— Bah, laisse-le donc s'amuser, fit Leonidas d'un ton impatient.

Elle retint un soupir. Encore un exemple des méthodes éducatives très particulières employées par les Pallis…

Leonidas s'était agenouillé pour se mettre à la hauteur du petit garçon. Celui-ci se redressa avec un large sourire avant de piétiner le délicat arrangement floral disposé au milieu de la table. Sans mot dire, Maribel regarda son fils s'avancer crânement vers son père. Elias n'avait jamais été timide comme la plupart des enfants de son âge. En vérité, il n'avait peur de rien et était même un vrai petit casse-cou.

La gorge nouée, Maribel vit Leonidas tendre la main au petit qui, d'humeur curieuse, rejoignit cette grande personne qui paraissait vouloir jouer.

— Monsieur ! gazouilla-t-il tandis que Leonidas le prenait dans ses bras.

— Papa, le corrigea Leonidas.

Maribel ouvrit la bouche pour protester et la referma finalement. Leonidas fit sauter le bambin en l'air, ce qui eut pour effet de le faire éclater de rire. Fascinée, Maribel regarda le père et le fils faire connaissance en jouant. Voir Leonidas, qui mettait un point d'honneur à ne jamais perdre une once de sa dignité, à quatre pattes sur le tapis, avait quelque chose de totalement irréel !

Se sentant un peu exclue, elle s'assit sur le bras d'un fauteuil. Elle s'était attendue à servir d'intermédiaire entre les deux hommes, le petit et le grand. Mais personne ne semblait avoir besoin d'elle pour procéder aux présentations. Finalement, les choses s'étaient faites le plus naturellement du monde, par le jeu et le rire.

Au bout d'un moment, Leonidas remarqua qu'Elias mettait moins d'entrain à leurs activités. Il le prit de nouveau dans ses bras et l'enfant se nicha contre lui, la tête calée sur sa large épaule.

— Il est fatigué, je crois.

— En effet. Epuisé même ! fit-elle avec un sourire attendri.

— J'ai fait installer un berceau dans une chambre à l'étage. Je vais le monter.

— Tu veux que je le couche ?

— Non, il faut bien que j'apprenne à me débrouiller avec lui.

— Je dois dire que tu t'en tires plutôt bien pour quelqu'un qui n'a pas l'habitude des enfants, admit Maribel en lui emboîtant le pas dans le grand escalier en fer forgé.

— C'est différent avec Elias. C'est *mon* fils.

Dans la chambre d'enfant où le berceau avait été installé se tenait une nurse en uniforme, une blonde d'un mètre quatre-vingts aux allures de top model. Elle prit Elias, le câlina tout en le changeant, puis l'allongea dans le berceau avec un professionnalisme impressionnant.

Maribel fut tout de même surprise de la rapidité avec laquelle Leonidas avait engagé une employée pour s'occuper de l'enfant, et elle ne se priva pas de le lui dire.

Il haussa les épaules.

— Nous devons discuter et il faut bien que quelqu'un veille sur Elias pendant ce temps-là. Diane a d'excellentes références, si c'est cela qui t'inquiète. Allons, détends-toi !

— Tu me prends pour une mère poule ? se récria Maribel.

— Je veux ma part de responsabilités dans l'éducation d'Elias. Cesse de tout vouloir régenter. Tu n'es plus seule, désormais.

— Je n'ai eu besoin de personne jusqu'à présent, se rebiffa-t-elle encore.

Ignorant cette dernière remarque, il l'entraîna hors de la chambre, jusque sur le palier où une immense fenêtre donnait sur le parc.

Leonidas savait parfaitement ce qu'il faisait et poursuivait un but bien précis. Si tout se déroulait selon ses vœux, Maribel et Elias viendraient bientôt habiter ici et, dès le lendemain, ils s'envoleraient tous trois pour la Grèce où il pourrait présenter son fils aux membres de sa famille.

— Que penses-tu de Heyward Park ?

— Cet endroit ? C'est… magnifique.

Il la prit par les épaules pour qu'elle se tourne face à lui.

— Cela me ferait très plaisir si toi et Elias veniez vivre ici, dans ma maison.

Stupéfaite par cette proposition qui semblait tomber du ciel, Maribel demeura coite. C'était typique de Leonidas de lancer ce genre de phrase avec une nonchalance étudiée, comme si des questions aussi cruciales n'avaient pas la moindre importance !

Il profita de son silence pour insister, tout en écartant de sa joue une mèche de cheveux rebelle.

— C'est une excellente idée, tu ne trouves pas ?

Maribel avait du mal à respirer. Elle savait que Leonidas n'avait jamais partagé sa vie avec une femme. Les gazettes relataient en détail ses histoires d'amour qui se terminaient toutes de manière assez brutale : la maîtresse déchue était remerciée et Leonidas ne tardait pas à lui trouver une remplaçante. Cela semblait fou qu'il lui offre aujourd'hui de vivre sous le même toit que lui, mais qui pouvait prédire l'impact d'un petit garçon de dix-sept mois sur ce monstre d'égoïsme ?

— Tu… plaisantes ?

— Pas du tout. En tout cas, tu n'es plus braquée contre moi et tu ne me contredis plus systématiquement. J'apprécie cet effort, fit-il avec un sourire envoûtant. Et toi aussi, je commence à t'apprécier beaucoup, *glikia mou*. Tu as dû t'en rendre compte, non ? *Se thelo...* je te désire.

Les yeux de Maribel s'écarquillèrent. Se pouvait-il donc qu'il fût sérieux ? Il est vrai qu'elle le savait capable de prendre des décisions hâtives, en suivant l'impulsion du moment, sans se soucier des conséquences. Sa témérité était légendaire. On ne pouvait attendre d'un homme tel que lui des réactions « normales »...

Comme ces idées lui venaient en tête, elle huma le parfum familier de son eau de Cologne, qui fit revenir à sa mémoire une suite décousue de souvenirs... Soudain, elle se sentit vivante, grisée, prête à faire n'importe quoi. Une petite voix intérieure l'alerta, mais elle l'ignora, emportée par la vague d'excitation qui déferlait en elle. Auprès de Leonidas, elle était incroyablement bien. Grâce à lui, elle se sentait belle, sexy, désirable. Grâce à lui, la Maribel raisonnable et pragmatique se métamorphosait en une créature audacieuse et vibrante de passion. C'était si bon qu'elle n'aurait pas échangé cette sensation délicieuse contre tout l'or du monde !

Tout à coup, sa vie tranquille basculait dans un univers de folie : après deux ans d'absence, Leonidas lui demandait de vivre avec lui !

Il inclina la tête et posa sa bouche tiède contre la petite veine qui palpitait juste sous l'oreille de Maribel. Elle crut défaillir.

— Vas-tu me gifler cette fois encore ? demanda-t-il dans un souffle.

Il rit doucement, un rire de gorge qui lui donna le frisson. Ses lèvres frôlèrent les siennes dans un jeu cruel. Maribel n'était déjà plus en mesure de réfléchir et, comme le baiser de Leonidas s'approfondissait, elle sentit une brûlure grandir entre ses cuisses. Dans sa tête, la petite voix hurla de plus belle : « Ne sois pas stupide, arrête tout de suite ! Ou cela finira encore dans les larmes… » Mais elle était incapable de résister à la tentation.

Ses doigts s'enfouirent dans l'épaisse chevelure brune pour mieux le retenir pendant qu'elle lui rendait son baiser avec fièvre.

Pris par l'urgence de son désir, Leonidas la plaqua contre lui sans cérémonie. Il était bien décidé cette fois à profiter de l'instant présent, sans le moindre scrupule. Ses bras puissants se refermèrent sur sa taille étroite. Dans son élan, il la souleva à demi et Maribel perdit une de ses chaussures. Un rire étouffé lui échappa. Elle était comme enivrée par un vin capiteux, exactement dans le même état que cette nuit-là, deux ans plus tôt…

Leonidas se souvenait de leur étreinte comme si c'était hier. En l'emportant dans la chambre voisine, il éprouva un intense sentiment de triomphe. Contrairement aux autres femmes, Maribel n'avait jamais tenté de le séduire. Au contraire, elle s'était efforcée de le maintenir à distance. Elle ne ressemblait décidément à personne, et l'amener à se rendre avait été une véritable victoire. Hier comme aujourd'hui.

Maribel ouvrit les yeux en entendant la porte claquer derrière eux. Leonidas la posa sur le sol recouvert d'une épaisse moquette. Elle se débarrassait de sa seconde chaussure lorsqu'il commença à défaire les boutons de son cardigan. Puis, glissant ses doigts dans ses cheveux, il lui renversa doucement la tête en arrière.

— Regarde-moi, murmura-t-il. J'attends ce moment depuis si longtemps !

Maribel battit des cils. Tout comme cette nuit qu'ils avaient partagée deux ans plus tôt et durant laquelle elle avait jeté aux orties ses précieux principes, tout arrivait trop vite. Les doutes recommençaient à l'assaillir.

— Ne devrions-nous pas… discuter d'abord… de ce dont tu as parlé tout à l'heure ? balbutia-t-elle.

— Plus tard.

— Mais… ce serait quand même un changement énorme pour toi.

Leonidas répondit d'un soupir. Le sujet le mettait mal à l'aise et il n'avait pas l'intention de l'aborder s'il pouvait l'éviter. Sa nature rusée avait déjà tout prévu pour amener Maribel là où il le voulait. Les détails ne l'intéressaient pas.

— Es-tu bien sûr de vouloir que je vienne m'installer ici ? Est-ce vraiment ce que tu désires ? insista-t-elle en l'enveloppant d'un regard anxieux.

— Bien sûr.

— Je suis une femme si ordinaire…

Elle n'arrivait pas à croire qu'il soit prêt à lui offrir plus qu'elle n'avait osé rêver durant tous ces mois passés loin de lui.

— *Filise me*… embrasse-moi !

Sa bouche réclamait de nouveau la sienne, sa langue s'immisçant entre ses lèvres. Un déluge de sensations irrésistibles balaya les incertitudes de Maribel et, lorsqu'il écarta les pans de son chemisier pour dégrafer son soutien-gorge, elle se mit à trembler.

— Tu es magnifique, *mali mou*.

Les joues de Maribel s'embrasèrent. La dernière fois qu'il l'avait dévêtue, elle avait bu quelques verres d'alcool qui l'avaient totalement désinhibée. Elle avait eu l'impression de partager avec lui un moment d'une rare intimité. Mais les remords et une grossesse non désirée l'avaient rendue très méfiante vis-à-vis de la femme sensuelle qui sommeillait en elle. Pourtant, quand il cueillit ses seins au creux de ses paumes et en agaça la pointe rigide du pouce dans un lent mouvement circulaire, elle ne put réprimer le délire voluptueux qui s'empara d'elle. Terrassée par le plaisir et l'émerveillement, elle s'abandonna tout à fait.

— Je n'avais pas imaginé… que cette journée finirait ainsi, bredouilla-t-elle, éperdue.

— Tu dois libérer ton imagination, *mali mou*. Chaque journée peut devenir exactement ce dont tu as rêvé.

— Je n'ai qu'à faire un vœu ? demanda-t-elle en souriant.

— Le mien, en cet instant, est de pouvoir te donner le plus de plaisir possible.

Ce disant, il la bascula sur le lit et se glissa entre ses cuisses. Doucement, il retroussa sa jupe, et Maribel se sentit fondre. Sa lenteur faillit la rendre folle et elle eut envie de crier bien avant que ses doigts n'atteignent le cœur de sa féminité.

— Et moi, je fais le vœu de vivre avec toi, chuchota-t-elle, enfiévrée.

Soudain, Leonidas se redressa et s'assit à côté d'elle, sur le lit.

— Nous ne vivrons pas vraiment ensemble, dit-il. Cette maison sera la tienne et celle d'Elias. Je n'y résiderai que quand je vous rendrai visite.

Leur rendre visite !

Maribel se sentit envahie par un intense sentiment de rejet, qui n'était rien comparé à l'humiliation qu'elle éprouvait. Comme elle avait été stupide de croire que Leonidas avait l'intention de vivre avec elle ! Il voulait simplement l'installer dans une maison confortable où il pourrait bénéficier du luxe auquel il était accoutumé chaque fois qu'il viendrait les voir, elle et son fils, de temps en temps, quand il en aurait envie.

Il n'était pas question d'engagement, pas plus que d'avenir commun ou de partage.

Fermant les yeux très fort, elle chercha à se dégager. Leonidas lui saisit alors les deux mains et les emprisonna dans ses doigts puissants et nerveux.

— Oh non, pas de ça ! Tu ne vas pas encore me repousser, Maribel. Calme-toi.

— Je suis très calme.

— Je suis désolé si tu t'es méprise sur mes intentions, mais…

— Lâche-moi.

— Parfois, je resterai tout le week-end avec vous et… oui, pourquoi pas, nous pourrons même partir en vacances. Ce sera le meilleur des arrangements, il sera profitable pour tous…

Il refusait de la libérer et pesait sur elle pour l'empêcher de se relever et la forcer à l'écouter. Maribel faillit éclater d'un rire amer. Son dernier espoir venait de mourir quand elle l'avait entendu prononcer le mot « profitable ».

— Leonidas, si tu ne me lâches pas tout de suite, je vais crier, le prévint-elle.

Leonidas aurait préféré un hurlement à l'expression figée de son visage et à l'intonation glaciale de sa voix. Il capitula.

Maribel se releva, les bras croisés sur sa poitrine nue, des larmes acides au bord des paupières. D'une main, elle ramassa son chemisier et son soutien-gorge abandonnés sur le lit, avant de se diriger vers la salle de bains.

— Je te serais reconnaissante de bien vouloir m'attendre au rez-de-chaussée, articula-t-elle.

Leonidas eut un geste de colère.

— *Theos mou*… mais pourquoi réagis-tu comme ça ? Je ne t'ai pas insultée, que je sache !

A ce stade, Maribel faillit perdre son sang-froid. Si un objet quelconque s'était trouvé à portée de main, elle le lui aurait sans doute jeté au visage. Par chance, ce n'était pas le cas. Elle s'empressa de claquer la porte et appuya son front contre le battant de bois.

Quelle incorrigible idiote ! Comment avait-elle pu imaginer une seule seconde que Leonidas lui proposait une vraie vie de famille dans cette maison ?

De toutes ses forces, elle retenait les larmes qui menaçaient de jaillir et se sentait d'autant plus stupide. Seigneur, elle avait bien failli s'offrir à lui ! Mais elle n'en avait pas fini avec Leonidas. Ils avaient encore des décisions cruciales à prendre concernant Elias.

Dès que Maribel pénétra dans le salon dix minutes plus tard, Leonidas pivota vers elle, mais elle ne lui laissa pas le temps de dire quoi que ce soit.

— Parlons d'Elias, et seulement d'Elias, veux-tu ?

— *Theos mou*, Maribel…

— C'est le seul sujet digne d'intérêt. Je refuse d'aborder des questions plus personnelles. Seul Elias justifie ma présence dans cette demeure.

Leonidas serra les dents.

— Très bien. Alors voilà mes revendications : je voudrais faire un test ADN, non pas parce que je doute qu'Elias soit mon fils, mais parce que je ne supporterai pas que quiconque conteste cette filiation. C'est un Pallis, et tout le monde doit le savoir.

— Pas de problème.

— Je souhaite également le reconnaître afin que mon nom apparaisse sur son état civil.

— Si tu le juges nécessaire.

Après ce qui venait de se passer entre eux, Maribel se sentait complètement abattue, mais elle faisait de son mieux pour réagir et masquer son désarroi. C'était une épreuve presque inhumaine quand le simple fait de poser les yeux sur Leonidas déclenchait une douleur atroce dans sa poitrine.

— Demain, je suis convié à une fête de famille à Athènes, un mariage, précisa-t-il. J'aimerais vraiment que toi et Elias m'accompagniez. Je vous présenterai aux membres de ma famille et…

— C'est impossible. Je travaille demain.

— Bon. Dans ce cas, j'emmènerai Elias seul. Avec la nurse, cela ne posera pas de…

Maribel n'en croyait pas ses oreilles. En un instant, Leonidas avait trouvé une solution de rechange. Comme il lui était aisé de se passer de sa présence ! A ses yeux, elle était totalement insignifiante.

— Elias est trop jeune pour voyager dans ces conditions, et de toute façon, je ne t'autorise pas à quitter le territoire avec lui, objecta-t-elle d'une voix claire et nette. Désolée, mais c'est ainsi pour le moment. Et, si j'étais toi, je patienterais un peu avant de crier sur les toits que j'ai un fils.

Leonidas s'était notablement renfrogné.

— Et pourquoi ? s'enquit-il d'un ton rogue.

— Personnellement, je préfère garder le secret le plus

longtemps possible. Réfléchis un peu : une fois la nouvelle rendue publique, elle suscitera l'intérêt de la presse à scandale, et cela pourrait nous rendre la vie très difficile, à Elias et à moi-même.

— C'est justement la raison pour laquelle j'ai suggéré que vous veniez habiter ici, dans ma propriété, où toutes les conditions de sécurité sont réunies pour que mes gardes du corps veillent sur vous !

— Nous n'aurons pas besoin de gardes du corps si tes liens avec Elias ne sont pas ébruités. Vois-tu, j'apprécierais que ma vie ne soit pas bouleversée du tout au tout. J'aimerais qu'elle reste exactement la même et…

— Voyons, tu sais que ce n'est pas possible ! Mais est-ce si grave ? Tout à l'heure, tu étais prête à abandonner tout désir d'autonomie et à renoncer à l'exclusivité de ton autorité parentale… parce que tu pensais avoir décroché le gros lot ! lui rappela-t-il avec cruauté.

Mortifiée, Maribel se mordit la lèvre au sang. Puis, avec dignité, elle rétorqua :

— C'est vrai. C'était stupide de ma part, n'est-ce pas ? Penser que tu puisses te sentir redevable envers Elias ou envers moi ! Décidément, tu es toujours aussi égocentrique, et tu ne te rends même pas compte quand j'essaie de me montrer compréhensive…

— Compréhensive ? Alors que tu refuses sans motif valable que je l'emmène chez moi en Grèce ?

— Estime-toi heureux que je n'aie pas claqué la porte de cette maison après ta petite manœuvre odieuse !

— Je n'essayais pas de te manipuler. Il me semble évident que mon fils doit vivre dans un environnement digne de lui. Je tiens à assumer mes responsabilités et…

— Oh non ! Tu veux juste pouvoir jouer au papa quand l'envie t'en prendra et, de temps en temps, te glisser dans mon lit. Je serais à ta disposition et je n'aurais pas de vie personnelle. Je ne vois pas comment je pourrais être heureuse dans ces conditions ! Est-ce le moyen que tu as trouvé pour m'empêcher de rencontrer un autre homme qui deviendrait le beau-père d'Elias ? Ou s'agit-il juste d'un de ces jeux détestables que tu affectionnes, une lutte de pouvoir que tu entendais remporter comme les autres ?

Ces attaques atteignirent Leonidas comme autant de flèches, déchaînant sa colère. C'était donc là l'opinion qu'elle avait de lui ? Indigné, il s'exclama :

— Je t'ai offert bien plus que je n'ai jamais offert à aucune femme !

— En tout cas, tu n'as sûrement pas hypothéqué ta précieuse liberté. Tu ne t'es engagé sur rien. Or Elias a besoin d'un père qui s'implique totalement, et sur qui il puisse compter sans réserve. Je suis désolée, mais sur ce point il n'y a pas de compromis possible. Tu ne peux pas arranger les choses à ton gré. Tu pensais vraiment qu'avoir une aventure en pointillé avec la mère de ton fils lui offrirait la stabilité dont il a besoin ? Une telle relation est vouée à l'échec, et c'est Elias qui en pâtirait le plus.

Les traits du Grec semblaient sculptés dans le bronze. Entre ses paupières plissées, ses yeux sombres luisaient dangereusement.

— Je t'ai déjà dit de ne pas engager de bataille contre moi, Maribel. Tu ne peux pas gagner, s'écria-t-il.

Le ton était si comminatoire que Maribel frissonna malgré elle. La peur l'envahit jusqu'à la nausée. Elle ne s'y trompait pas, Leonidas la menaçait de lui prendre son fils. Qu'il ose lui infliger une telle angoisse la révolta.

— Et tu t'étonnes que je ne te permette pas d'emmener Elias en Grèce ? Très bien. Tu peux oublier le test ADN et le changement de nom sur l'état civil ! Dorénavant je m'opposerai à toute requête que tu formuleras. C'est tout ce que tu as gagné ! conclut-elle avec animosité.

— Je ne te laisserai pas me séparer de mon fils ! se récria Leonidas, hors de lui. Je te prenais pour une femme sensée et équilibrée, et voilà que tu tombes dans l'extrême ! Qu'est-ce qui te prends Maribel ?

— Quant à moi, je ne peux pas dire que je sois surprise de ton comportement. Au contraire, je m'attendais exactement à ce genre de réaction de ta part !

— Pourtant, cela ne t'a pas empêchée d'essayer de me mettre le grappin dessus, *glikia mou*, rétorqua-t-il d'une voix doucereuse. J'aurais dû me douter que ta complaisance, tout à l'heure, cachait quelque chose. Dis-moi, jusqu'où vont tes ambitions ?

— Je ne comprends pas ce que tu veux dire.

— Jouons cartes sur table, veux-tu ? Tu espérais peut-être te voir passer la bague au doigt ?

Un petit rire sec franchit la gorge serrée de Maribel.

— Non ! Je ne vis pas au pays des rêves. Mais maintenant que tu me le dis… en effet, c'est seulement quand je porterai ton nom que j'accepterai de te confier Elias !

Comme Leonidas levait les yeux au ciel, elle enchaîna :

— Je sais très bien que tu es riche et que tu peux user de ton influence contre moi. Mais cela ne me fait pas peur. Tu auras le droit de voir Elias en ma présence, c'est tout. Je n'ai aucune confiance en toi, et je ne te donnerai certainement pas l'occasion de l'emmener loin de moi. Tant que toi et tes maudits gardes du corps serez dans les parages, je ne perdrai pas mon enfant de vue une seule seconde, je te prie de le croire !

Leonidas était si ulcéré qu'elle ose ainsi lui tenir tête qu'il chercha ses mots pendant quelques instants. C'est alors qu'un coup frappé à la porte interrompit leur dispute. C'était Diane, la nurse, qui amenait Elias. Encore ensommeillé et un peu effrayé de s'être réveillé dans une chambre inconnue auprès d'une étrangère, le petit garçon tendit les bras vers sa mère.

— Mickey… Mickey ! réclama-t-il, cherchant son ami pour se rassurer.

— Nous le retrouverons à la maison, lui dit Maribel d'une voix apaisante.

— Qui est Mickey, un jouet ? voulut savoir Leonidas.

— Non, c'est mon chien.

— Pourquoi ne l'as-tu pas emmené avec vous ?

Maribel ne fit pas de commentaire. Leonidas était un Pallis. Depuis toujours, son entourage se pliait en quatre pour satisfaire le moindre de ses caprices. Il n'avait même pas conscience des problèmes concrets qui se posaient aux gens normaux au quotidien. Et elle ne voulait surtout pas qu'Elias soit élevé dans de telles conditions.

— Je vais lui montrer les écuries et les chevaux, proposa Leonidas avec raideur.

— D'accord, mais je tiens à être de retour à la maison à 18 heures. La route est longue, répondit Maribel sans le regarder.

Comme Elias se tortillait dans ses bras, elle le déposa par terre et vit le bambin s'avancer vers son père, qui le souleva et le fit tournoyer doucement sur lui-même. Maribel sentit son cœur se serrer en entendant le rire adorable de l'enfant.

C'était bête, mais elle ne pouvait s'empêcher d'éprouver une certaine jalousie.

5.

Alors que l'hélicoptère survolait le pré où il allait se poser, Leonidas se pencha pour apercevoir le toit de la vieille fermette. La journée était venteuse et humide, et lui-même était de mauvaise humeur. Un mois s'était écoulé depuis son altercation avec Maribel à Heyward Park.

Depuis, il avait vu Elias en moyenne deux fois par semaine, mais il avait dû jongler avec son planning et réaliser des prouesses d'organisation pour parvenir à maintenir ce rythme de visite. En général, il ne pouvait rester auprès de son fils plus de deux heures d'affilée. Faire la navette entre Londres et la maison isolée en pleine campagne présentait de nombreux inconvénients, mais il ne se plaignait pas et demeurait toujours courtois envers Maribel et attentionné envers son fils.

Un saint n'aurait pu le mettre en défaut.

Maribel évitait tout tête-à-tête avec lui et, du coup, il ne parvenait pas à communiquer avec elle afin d'améliorer leurs relations. Ses juristes avaient tenté de leur côté de la faire fléchir, mais ils s'étaient heurtés à un mur. En un mois, rien n'avait changé. Il avait seulement le droit de voir son fils dans l'enceinte de la fermette. Il ne pouvait pas l'emmener au zoo, ni dans les manèges, ni dans un parc. Et il commençait à soupçonner Maribel d'espérer en secret qu'il se lasserait et abandonnerait la partie.

Le bruit des pales vrombissantes surprit Maribel alors qu'elle était nue sous la douche. Rapidement, elle s'enroula dans une serviette et dévala l'escalier pour s'apercevoir que la lumière clignotait sur le répondeur. Elle ne perdit pas de temps à écouter le message. De toute évidence, Leonidas avait décidé à la dernière minute de passer voir son fils, et il ne lui était pas venu à l'esprit qu'elle puisse avoir d'autres projets.

Pestant, elle remonta à l'étage. Dans sa chambre, Elias sautait dans son parc. Il avait déjà compris que le bruit d'un rotor d'hélicoptère annonçait l'arrivée imminente de son père, et il était aussi excité que si le Père Noël en personne s'était apprêté à descendre par la cheminée.

Maribel regagna sa chambre et entreprit de démêler ses cheveux humides tout en s'habillant. Elle avait juste réussi à enfiler un slip quand la cloche de la porte d'entrée retentit. Fébrile, elle sauta dans un jean. La cloche tinta deux fois encore avant qu'elle ne parvienne à fermer la boutonnière.

— Une minute ! marmonna-t-elle.

Dans sa chambre, Elias pleurnichait, aussi impatient que son père. Maribel passa un T-shirt et alla chercher Elias avant de descendre ouvrir.

— Enfin ! s'exclama Leonidas en pénétrant dans le vestibule.

Fâchée de cette visite impromptue, Maribel commit l'erreur de le fusiller du regard. C'était la première fois qu'elle le regardait aussi directement depuis un mois. Durant tout ce temps, elle était restée terriblement vigilante mais, ce jour-là, un seul coup d'œil suffit à l'émouvoir. Il était superbe. Des gouttes de pluie brillaient dans sa chevelure de jais. Ses traits auraient pu être ceux d'une statue grecque, si ce n'est la ligne dure de la mâchoire, sous l'ombre bleutée laissée par le rasoir.

Maribel sentit son cœur se serrer, et sa petite voix intérieure se manifester de nouveau. « Arrête tout de suite ! Ne le regarde pas, reste de marbre ! Cet homme est un poison violent et il te brisera le cœur ! »…

Elle fit un effort pour se reprendre.

— Je ne t'attendais pas. J'étais sous la douche, protesta-t-elle, les yeux baissés pour ne plus céder à la tentation.

— Mon assistant ne t'a donc pas téléphoné ?

— Je suis rentrée il y a moins d'un quart d'heure, je n'ai même pas eu le temps d'écouter les messages sur mon répondeur.

— Et ton portable ?

— J'ai oublié de recharger la batterie.

Tandis qu'elle refermait la porte, le regard de Leonidas se posa sur ses seins voluptueux moulés par le T-shirt. Le coton collait à sa peau encore humide, et l'on distinguait nettement la pointe de ses seins sous le tissu tendu. Son corps réagit aussitôt et il ne put s'empêcher de penser que, s'il réussissait à l'attirer de nouveau dans un lit, toutes les difficultés s'aplaniraient entre eux.

Maribel posa Elias par terre et l'enfant s'agrippa aussitôt à la jambe de son père. Déjà, son adoration pour lui sautait aux yeux. Leonidas le souleva comme s'il ne pesait pas plus lourd qu'une plume, et Elias passa ses petits bras potelés autour de son cou pour lui couvrir le visage de baisers mouillés. Leonidas les lui rendit en riant.

Peu habitué aux contacts physiques et assez hostile aux effusions publiques, il s'était pétrifié la première fois que l'enfant lui avait sauté au cou, se souvint Maribel. Mais désormais, il embrassait son fils et le prenait spontanément dans ses bras, même si l'on voyait bien que ces gestes n'étaient pas naturels chez lui. Petit, il n'avait reçu aucune démonstration d'affection, et la jeune femme ne pouvait s'empêcher de penser que cette enfance aride avait fait de lui l'homme qu'il était aujourd'hui, distant, imperméable aux émotions. Or, si une personne sur terre était capable de l'ouvrir aux sentiments, c'était bien Elias.

Malheureusement, plus les liens se renforçaient entre le père et le fils, plus elle redoutait les actions que Leonidas serait susceptible d'entreprendre.

Quoi qu'il en soit, elle était bien décidée à se détacher de lui. Et, à ce propos, elle avait rendez-vous avec un homme dans moins d'une heure, se rappela-t-elle, exaspérée contre elle-même. Sloan était assistant au laboratoire de recherche de l'université. Agé d'une trentaine d'années, il était séduisant, cultivé, sympathique. Et Maribel avait été ravie à la perspective de passer la soirée avec lui… jusqu'à l'arrivée de Leonidas.

Tapi sous la table, Mickey émit un gémissement plaintif qui traduisait une joie timide. Il rampa sur le ventre et finit par sortir de dessous le meuble, sa queue grisâtre fouettant les lattes du parquet. En guise de récompense, Leonidas lui lança une friandise prise dans la poche de sa veste. Mickey l'engloutit dans un claquement de mâchoires et leva vers sa nouvelle idole un regard mouillé.

Maribel ne se souvenait pas avoir vu un seul animal dans le sillage de Leonidas. Mais, dès qu'il avait compris la place prépondérante qu'occupait Mickey dans la maison — et surtout dans le cœur d'Elias —, il avait monté une grande offensive de charme pour conquérir le lévrier. Et, de fait, celui-ci avait fini par surmonter sa terreur des étrangers. Comme pour chaque défi qu'il relevait, Leonidas avait brillamment remporté la victoire.

Ainsi, son charme agissait aussi sur les chiens ! songea Maribel avec une ironie caustique.

— Il faut que nous ayons une discussion, lui dit Leonidas à mi-voix. Je ne peux pas rester longtemps, je prends un vol dans deux heures.

— C'est parfait, je dois sortir, moi aussi. De quoi veux-tu me parler ?

— De confiance, Maribel. Je ne peux pas rester confiné ici avec Elias. Tu dois nous autoriser à sortir de la ferme. D'ailleurs, pourquoi est-ce que j'essaierais de te tromper ?

— Parce que tu n'as jamais rien partagé de toute ta vie. On ne t'y a jamais obligé. Quelles que soient les relations que tu entretiens avec les gens, c'est toujours toi le numéro un. C'est ainsi que fonctionnent les Pallis, je commence à le savoir.

— Je ne suis pas idiot, je sais bien qu'il me faut partager mon fils avec sa mère ! répliqua Leonidas, vexé.

— Mais si je me plie à tes moindres désirs, tôt ou tard,

tu te persuaderas que tu n'as pas à te contenter de la moitié, que tu as droit à *tout*, et tu décideras de m'évincer purement et simplement.

— Je voudrais bien savoir d'où te vient cette connaissance infaillible de mes pensées et de mes réactions, riposta-t-il avec dédain.

— Je sais comment tu fonctionnes, je t'ai vu à l'œuvre pendant sept ans, rétorqua-t-elle.

Le regard franc de Leonidas et son accent de sincérité la perturbaient malgré elle. Quand elle voyait Elias radieux en sa compagnie, elle avait du mal à camper sur ses positions. Et puis, elle n'avait pas envie de l'épier pour le prendre en faute à la première occasion. Ce n'était pas dans son caractère.

Néanmoins, deux semaines plus tôt, la prudence l'avait amenée à consulter un avocat d'un cabinet très réputé de Londres. Ce dernier lui avait fait remarquer qu'étant donné la fortune et le statut social de Leonidas elle serait bien avisée de surveiller son fils sans relâche, car la loi lui serait d'un faible recours si jamais l'enfant était kidnappé et emmené dans un pays qui n'avait pas conclu d'accords réciproques avec la Grande-Bretagne.

— Je te donne ma parole d'honneur que je ne tenterai pas d'enlever Elias, lui dit-il en la regardant droit dans les yeux.

— Désolée. Je ne peux pas prendre ce risque. Il est tout ce que j'ai au monde.

— C'est encore un bébé. Il a besoin de toi et j'en suis conscient.

Il fit un pas dans sa direction. Ses yeux ne la lâchaient pas et elle se trouva dans l'incapacité d'échapper à leur pouvoir hypnotique. Son cœur cognait dans sa poitrine et elle sentit une brusque chaleur irradier dans son ventre.

— Elias ne sera pas toujours un enfant et je ne peux pas changer les règles à tout bout de champ, objecta-t-elle faiblement.

— Si tu persistes, je les enfreindrai ou bien je les contournerai, *mali mou*. Je n'y peux rien, je suis fait comme ça.

Dans un sursaut, Maribel s'arracha à l'emprise de son regard. Elle venait de se souvenir de Sloan. Honteuse et furieuse contre elle-même, elle s'écarta et dit précipitamment :

— Je dois me dépêcher, j'ai rendez-vous.

Il fronça les sourcils et répéta :

— Rendez-vous ?

— Oui, et je vais être en retard. Si tu n'y vois pas d'inconvénient, je vais te laisser avec Elias, le temps que je finisse de me préparer.

Un lourd silence retomba. Au bout d'un moment, elle répéta :

— D'accord ? Ça ne te dérange pas ?

— Qui est ce type ?

— Mais… ça ne te regarde pas.

Leonidas était déconcerté par la colère qui enflait en lui. Effectivement, de quoi se mêlait-il ? Il avait eu du mal à admettre que Maribel puisse le repousser, mais il n'était pas du genre possessif. Enfin, pas d'ordinaire. Mais, avec elle, tout était différent. Et puis, il était somme toute naturel qu'il se sente contrarié à l'idée que la mère de son fils se propose de sortir avec un autre homme.

Il posa par terre Elias qui battait des jambes. Son fils agrippa alors un pan de son manteau pour l'entraîner vers le salon. Leonidas dut prendre sur lui pour s'intéresser au petit train que le gamin voulait lui montrer et jouer avec lui. Il avait l'esprit ailleurs. Plus tard peut-être, un homme viendrait habiter dans cette maison. Il passerait du temps avec Elias, sans doute plus que lui. Et cette pensée lui était proprement intolérable.

Après sa réplique bravache, le silence de Leonidas avait étonné Maribel. Mais, craignant d'être en retard, elle s'était hâtée de rejoindre sa chambre sans pousser plus loin la discussion. Désireuse d'éviter le face-à-face, elle prit même le temps de se vernir les ongles et ne regagna le rez-de-chaussée que quand elle entendit un bruit de moteur qui annonçait l'arrivée de Ginny venue garder Elias en son absence.

Dès que Maribel réapparut, Leonidas l'enveloppa d'un regard

appréciateur. De toute évidence, elle s'était faite belle. Alors que, pour lui, elle ne se donnait pas tout ce mal, constata-t-il avec une colère grandissante, elle arborait aujourd'hui la panoplie de la parfaite séductrice : parfum, brushing, maquillage… Sa jupe sexy dévoilait des jambes galbées et de fines chevilles mises en valeur par les escarpins à talons, et le petit haut de couleur pastel accentuait encore sa féminité.

Même s'il s'efforçait de demeurer impassible, comme il savait si bien le faire, Leonidas ne pouvait s'empêcher de bouillir intérieurement, comme si un torrent tumultueux se déversait en lui.

Maribel revint dans le salon accompagnée d'une femme brune d'environ quarante-cinq ans.

— Je te présente Ginny Bell, une amie, qui est aussi ma plus proche voisine et la baby-sitter d'Elias. Ginny, voici Leonidas Pallis.

Leonidas se leva et alla serrer la main de la jeune femme qui le dévisageait avec des yeux ronds comme des soucoupes.

Nerveuse, Maribel vit Leonidas déployer son charme et articuler quelques politesses d'usage. Alors pourquoi s'était-il muré dans le silence, tout à l'heure ? En général, quand quelque chose le contrariait, il ne se réfugiait pas dans la passivité. Cela cachait-il quelque chose ?

A l'aise, Ginny bavardait à bâtons rompus. Leonidas apprit bientôt que Maribel et un certain Sloan étaient invités à une fête de mariage qui se terminerait tard, et qu'il était prévu que Ginny passe la nuit à la maison. Cette précision ne fit rien pour améliorer son humeur, de même que le départ précipité de Maribel, quelques minutes plus tard. Elle avait visiblement hâte de partir pour se pavaner devant ce type dans sa tenue affriolante !

Leonidas quitta la fermette cinq minutes plus tard, la rage au cœur. Plus les minutes passaient, plus ses pensées s'assombrissaient. Alors qu'il s'apprêtait à grimper à bord de l'hélicoptère, son chef de la sécurité l'appela sur son portable.

— Je viens de recueillir une confidence, lui apprit Vasos. Un tabloïd a eu vent de l'existence du Dr Greenaway et de son enfant. Il est sur le point de divulguer l'information, mais vous disposez des contacts nécessaires pour empêcher la publication de l'article et étouffer l'affaire.

Une expression rusée passa sur le visage de Leonidas. Il imagina la fermette assiégée par une nuée de paparazzi. La presse s'en donnerait à cœur joie : « L'HÉRITIER CACHÉ DE LA FORTUNE PALLIS ! » et autres manchettes du même acabit fleuriraient à la une des magazines people. Maribel n'aurait nulle part où se réfugier pour échapper à cette publicité tapageuse et aux insinuations malveillantes. Elle serait obligée de déménager car sa maison ne lui offrait aucune protection contre les agressions extérieures.

Quelle autre solution aurait-elle alors que de chercher refuge à Heyward Park avec Elias, son maudit chien et sa collection de poules naines ?

Un lent sourire étira ses lèvres.

— Je ne veux pas étouffer l'affaire, répondit-il enfin.

— Vous êtes sûr, patron ?

Vasos avait de quoi s'étonner. Il était de notoriété publique que Leonidas détestait voir sa vie privée étalée dans les pages des journaux à scandale.

— Vous allez rappeler votre informateur. Il va nous servir d'intermédiaire pour confirmer certains faits et les rendre publics. Attention, j'intenterai un procès au moindre mensonge. Ensuite… il va de soi qu'à partir du moment où l'histoire sera publiée, le Dr Greenaway et mon fils auront besoin d'une protection rapprochée.

C'était la première fois que Leonidas faisait référence à Elias comme à son fils. Il coupa la communication et rangea son portable dans sa poche. Il savait bien qu'il se conduisait comme un salaud, mais Maribel n'en saurait jamais rien, et c'était tout ce qui comptait.

L'aube éclairait à peine l'horizon quand, le lendemain matin, Maribel rentra chez elle. Avec un soupir de bien-être, elle ôta ses escarpins, donna un tour de clé dans la serrure de la porte et monta à l'étage sur la pointe des pieds.

Durant cette soirée, elle avait dû feindre chaque sourire adressé à Sloan, tant le souvenir de son bref échange avec Leonidas avait marqué son esprit. La vérité, c'est qu'en dépit de tous ses efforts elle n'avait pas su garder ses distances vis-à-vis de Leonidas. Elle avait essayé de ne plus voir en lui que le père de son enfant, mais rien n'y faisait, elle ne pouvait s'empêcher de le considérer comme un homme, désirable, infiniment séduisant…

Roulée en boule dans son lit, elle songea à Imogène qui, elle non plus, n'était jamais parvenue à renoncer au Grec et à tout ce qu'il symbolisait à ses yeux. Peu de temps avant la mort de sa cousine, Maribel avait appris que c'était Leonidas qui avait su la persuader d'entrer en cure de désintoxication. Non seulement il avait payé tous les frais, mais il avait également remboursé les dettes que la jeune femme avait contractées à l'époque. Par la suite, à deux reprises, Imogène s'était enfuie de la clinique. Quand elle avait replongé dans l'héroïne, Leonidas avait définitivement coupé les ponts.

Puis il y avait eu ce terrible accident…

En dépit de l'impassibilité qu'avait affichée Leonidas le jour des funérailles, Maribel avait compris qu'il vivait une véritable épreuve. Ce jour-là, elle s'était rendu compte qu'elle avait une sorte de don pour déchiffrer les émotions refoulées de cet homme secret. Elle avait également détecté son aversion pour les flatteurs et les séductrices qui tentaient d'attirer son attention. Avant et après la cérémonie, il lui avait parlé plusieurs fois, alors qu'il avait ignoré presque tous les autres invités présents.

A l'époque, Maribel avait déjà emménagé dans son propre appartement, mais sa tante Hermione lui avait demandé d'aller ranger la maison de la défunte. Elle avait accepté, pressée de s'occuper l'esprit pour ne pas céder au chagrin.

Chez Imogène, elle avait trouvé un véritable capharnaüm : ses cousines Agatha et Amanda l'avaient précédée et avaient déjà pillé la garde-robe. La chambre et le dressing étaient dans un désordre indescriptible. Maribel n'avait plus qu'à faire le tri et jeter ce qui devait l'être.

En déambulant dans la maison, elle avait trouvé par hasard de vieilles photos qui lui avaient rappelé des temps plus heureux. Bouleversée, elle s'était mise à pleurer.

L'arrivée de Leonidas avait été une surprise totale.

— Je savais que je te trouverais là. Tu es la seule qui tenait vraiment à Imogène, lui avait-il dit.

Sombre et magnifique dans son manteau noir qui cachait un costume de la même couleur, il s'était penché pour frôler doucement de la main sa joue striée de larmes.

— Mon Dieu, mais tu es gelée ! s'était-il exclamé en fronçant les sourcils.

— Le chauffage a été coupé et j'ai laissé ma veste chez ma tante…

Chevaleresque, il avait ôté son manteau pour le poser sur ses épaules. Puis, il était retourné sur le perron pour s'adresser en grec à ses gardes du corps qui l'attendaient près de la limousine.

Quelques instants plus tard, un bon feu crépitait dans la cheminée du salon.

— Tu devrais boire un alcool fort, cela t'aiderait à te réchauffer, avait-il conseillé à Maribel.

— Il y a longtemps que le bar est vide !

De nouveau, il avait donné des instructions à son équipe de sécurité. Dix minutes plus tard, Maribel sirotait un cognac et sentait la douce chaleur se répandre petit à petit dans son corps.

— Pourquoi es-tu venu ? lui avait-elle finalement demandé.

— Je n'en sais rien.

Elle avait alors compris qu'il n'avait pas conscience du sentiment de perte et des regrets qui l'avaient poussé à se rendre chez Imogène pour retrouver des sensations familières et évoquer le passé. Ce que ces manques trahissaient de son enfance avait transpercé le cœur de Maribel.

— J'ai agi sur un coup de tête, avait-il prétendu. J'ai vu que tu étais vraiment bouleversée pendant l'enterrement.

Puis les événements s'étaient précipités…

Par la suite, elle s'était dit que le cognac lui était monté à la tête. La vérité, c'est qu'elle avait complètement chaviré sous l'ardeur de ses baisers. Elle ne se rappelait pas comment ils s'étaient retrouvés dans la chambre d'amis, au premier étage, dans cette chambre qui avait été autrefois la sienne. Tout s'était aboli dans son esprit, sauf l'instant présent. Et, durant quelques heures éblouissantes, elle avait découvert un bonheur plus intense que tout ce qu'elle avait connu jusqu'alors.

Le lendemain matin, elle s'était réveillée terrifiée, les nerfs à fleur de peau. Et elle avait eu très mal quand il lui avait demandé d'aller préparer le petit déjeuner, sur un ton désinvolte qui prouvait que ce qu'ils venaient de vivre n'était pour lui qu'une aventure parmi tant d'autres.

Elle était sortie à la hâte pour acheter à manger, car il n'y avait rien dans la maison. La matinée était très humide et un brouillard épais avait envahi les rues. Alors qu'elle arrivait aux abords du supermarché, un véhicule avait embouti le sien. Sous le choc, elle avait perdu connaissance et n'avait repris ses esprits que quarante-huit heures plus tard, sur un lit d'hôpital.

Deux jours plus tard, Maribel fut réveillée par la cloche de la porte d'entrée.

Persuadée qu'il s'agissait du facteur venu livrer un colis, elle se leva sans entrain. Le téléphone se mit à sonner au moment où elle ouvrait la porte. Ce fut un choc de trouver devant la maison un groupe de photographes qui brandissaient leurs appareils dans sa direction.

Eberluée, elle alla décrocher le téléphone.

— Maribel ? C'est Ginny. Ma sœur vient de m'appeler. Il y a un article qui vous concerne, Elias et toi, en couverture de *Globe* !

— Oh non !

Elle regarda par la fenêtre et sursauta en apercevant un homme qui, sans souci pour ses plates-bandes, était venu coller son nez au carreau.

Emportant le téléphone, elle alla tirer les rideaux d'un coup sec.

— J'ai une foule de journalistes devant chez moi, annonça-t-elle à Ginny.

— Je vais venir, si tu veux. Tu ne pourras jamais m'amener Elias ce matin.

Quelqu'un frappait à la porte de derrière. Des paparazzi semblaient s'être postés derrière chaque fenêtre. Maribel fit le tour du rez-de-chaussée pour fermer stores et tentures. La sonnerie du téléphone retentit de nouveau. Cette fois, c'était une journaliste connue qui lui demanda si elle voulait bien raconter son histoire à la télévision moyennant une jolie somme.

— D'après mes sources, Leonidas Pallis ne vous offre pas la vie dorée que vous seriez en droit d'exiger, poursuivit la journaliste, très sûre d'elle.

Maribel lui raccrocha au nez. L'appel fut suivi par un autre de la même teneur, puis un autre, et elle finit par débrancher la prise téléphonique. Comme elle remontait à l'étage, elle trouva Elias, qui avait réussi à sortir de son lit, assis en haut des marches.

Elle l'emporta dans ses bras et, anxieuse, passa d'une chambre à l'autre pour surveiller les alentours de la maison. La propriété grouillait de monde. De temps en temps, on frappait à la porte d'entrée. Maribel se gardait bien d'aller ouvrir, mais elle commençait à perdre son calme. Tous ces étrangers étaient en train de saccager son jardin, ils avaient sûrement fait fuir les poules et, dans sa niche, Mickey devait déjà avoir succombé à une crise cardiaque !

Alors qu'elle s'habillait rapidement, elle risqua un œil entre les deux rideaux qui masquaient la fenêtre de sa chambre et faillit tomber à la renverse en voyant trois hommes charpentés comme des bûcherons et vêtus de costumes noirs, qui avaient rassemblé les journalistes et les forçaient à reculer dans l'allée.

Maribel reconnut l'un d'eux comme appartenant à l'équipe de sécurité de Leonidas. Comment avaient-ils été prévenus aussi vite ? s'interrogea-t-elle. Enfin, peu importe, elle était bien contente qu'ils soient là !

Son portable sonna alors qu'elle essayait tant bien que mal d'enfiler un pantalon à Elias qui, surexcité par l'atmosphère électrique, ne tenait pas en place.

C'était Leonidas.

— J'ai cru comprendre que les journalistes te harcelaient, *glikia mou* ? fit-il d'une voix pleine de compassion.

— C'est un cauchemar ! Heureusement, tes vigiles sont sur place et ont réussi à les contenir, c'est déjà ça. Je suis stupéfaite qu'ils soient intervenus si rapidement, confia Maribel qui, pour la première fois depuis des semaines, se sentait redevable envers Leonidas.

— Les paparazzi vont revenir. Ils sont très opiniâtres, tu ne vas pas te débarrasser d'eux comme ça. L'histoire est juteuse à souhait et tous les journaux voudraient en avoir l'exclusivité.

— Ginny garde Elias et je vais aller travailler d'ici un quart d'heure, mais je serai plus tranquille de les savoir sous la protection de tes hommes…

A l'autre bout de la ligne, Leonidas rit de la belle naïveté de Maribel, qui tentait de continuer à vivre normalement, malgré toute l'agitation qui l'entourait.

— Ils vont te suivre à l'université, prévint-il. Si tu veux, mes hommes vont t'emmener en 4x4. Je ne veux pas que tu conduises si ces types te prennent en chasse.

— Merci, mais non. Je ne me vois vraiment pas sortir encadrée de gardes du corps.

— Et moi, je ne vois pas bien comment tu vas pouvoir continuer d'habiter ta ferme. Ce serait peut-être une bonne idée de t'installer à Heyward Park, non ? Même provisoirement…

— Voyons, Leonidas, je ne vais pas m'enfuir au premier souci.

— Il ne s'agit pas de cela. Envisage le côté pratique des choses. Tu ne peux pas garder Elias enfermé indéfiniment dans la maison. Il a besoin de prendre l'air.

L'argument porta et Maribel se rembrunit. La conversation téléphonique terminée, elle demeura troublée et pensive. Ginny arriva alors qu'elle faisait manger Elias dans la cuisine. Son amie déposa un exemplaire de *Globe* sur la table.

— Tiens, voilà le fameux article dont je t'ai parlé, lui dit-elle. J'ai fait un détour pour acheter le journal avant de venir. Si tu veux, je vais finir de donner son petit déjeuner à Elias. Dis-moi, d'où sortent ces armoires à glace ?

— Pardon ? Oh, les vigiles… Ils font partie de l'équipe de Leonidas.

— J'aurais dû m'en douter. Ils sont très professionnels. Ils m'ont fouillée avant de m'autoriser à frapper à la porte. Mais les journalistes sont toujours là, prêts à se faufiler à la moindre faute d'attention. Tu es sûre que tu vas pouvoir aller travailler ?

Maribel ne répondit pas. Son regard était tombé sur le gros titre qui s'étalait à la une du journal : « Le milliardaire avait un fils ! »

Il y avait une vieille photo d'elle, prise des années auparavant lors d'une fête, chez Imogène. En la voyant, Maribel écarquilla les yeux. Comment les paparazzi se l'étaient-ils procurée ? Rapidement, elle parcourut l'article et, à mesure qu'elle lisait, elle se sentit de plus en plus déroutée. Elle s'était attendue à des élucubrations et à des ragots outranciers. Or tous les détails fournis sur sa famille, ses études, son métier, étaient vrais. On précisait même — chose dont peu de gens étaient au courant — que son défunt père, scientifique reconnu et récompensé de plusieurs prix, s'était tourné vers l'enseignement alors que des entreprises privées lui offraient un pont d'or pour l'engager.

Maribel elle-même était dépeinte comme une amie de longue date de Leonidas Pallis, une sorte de confidente en qui il aurait toute confiance. Maribel leva les yeux au plafond en lisant ces lignes. Là, en revanche, c'était n'importe quoi ! Depuis quand Leonidas avait-il besoin de se confier à qui que ce soit ?

— J'avoue que je m'attendais à quelque chose de bien plus odieux, commenta Ginny.

— C'est un désastre ! marmonna Maribel. Plus personne ne va me prendre au sérieux dans le département d'histoire ancienne…

Son amie lui retourna un regard désabusé.

— Ne sous-estime pas l'attrait de la célébrité et de l'argent. Certains de tes collègues vont être très jaloux ; d'autres vont te courtiser. Quoi qu'il en soit, il est temps que tu y ailles si tu ne veux pas être en retard. Ne t'inquiète pas, Elias ne risque rien ici avec moi et ces gorilles qui arpentent le jardin…

Maribel détesta devoir quitter sa maison sous le feu des projecteurs et les flashs des appareils photo. Elle ignora le déluge de questions dont les paparazzi la bombardèrent et s'engouffra dans sa petite voiture. Lorsqu'elle atteignit l'université, ce fut pour constater que d'autres journalistes l'y attendaient. Une foule commença à se former autour d'elle avant même qu'elle réussisse à gagner son bureau au premier étage. Des gens qu'elle connaissait bien se figeaient en la voyant et la dévisageaient fixement comme si elle s'était teint les cheveux en rose. Et sa classe, constituée d'un groupe d'élèves restreint, fut sans cesse dérangée par des interruptions intempestives, si bien que Maribel elle-même eut du mal à se concentrer sur le cours.

Le soir, sa journée de travail terminée, elle dut jouer des coudes pour se frayer un passage jusqu'à sa voiture cernée par les photographes qui la suppliaient de bien vouloir poser pour eux quelques minutes. Elle démarra, les mains crispées sur le volant, des gouttes de sueur perlant à son front. Au moment de bifurquer dans l'allée qui menait chez elle, elle sentit son cœur se serrer. D'autres journalistes étaient venus grossir les rangs de ceux qui avaient déjà assailli la ferme, ce matin-là.

Un garde du corps vint lui ouvrir la portière et deux autres l'escortèrent jusqu'au seuil de la maison.

A l'intérieur, Ginny n'avait pas rouvert les rideaux et la pénombre régnait dans le séjour. Elle avait fait rentrer Mickey qui tremblait de tous ses membres sous la table du salon et refusait obstinément d'en sortir. Un peu inquiet, Elias s'était roulé en boule contre son chien. Maribel vint le rassurer.

— Dis donc, il y a quelque chose qui m'intrigue, lui dit Ginny. Tout à l'heure, pendant la sieste d'Elias, je suis sortie proposer du café aux vigiles. Et tu sais ce que j'ai découvert ?

— Dis-moi.

— L'un d'eux a laissé échapper qu'on leur avait demandé *avant-hier* de venir garder la ferme aujourd'hui.

Maribel fronça les sourcils.

— Non, tu dois te tromper, c'est impossible…

— Je te jure que j'ai parfaitement entendu. Quelqu'un devait savoir que cet article allait paraître, car l'équipe de sécurité n'attendait que le feu vert de son patron pour intervenir.

Maribel demeura impassible, mais dans sa tête, les pensées se bousculaient. Cet élément l'obligeait à considérer les événements récents sous un jour nouveau. Leonidas, qui détestait les tabloïds, n'avait pas paru contrarié outre mesure par l'invasion des paparazzi. Quand il lui avait proposé d'emménager dans sa propriété, il s'était montré réservé et n'avait pas insisté, contrairement à son habitude. De plus, le ton de l'article était curieusement bienveillant, alors que d'ordinaire ce genre de journaux ne publiaient que des insinuations dégradantes.

Le soupçon qui commençait à naître dans l'esprit de Maribel était horrible, ahurissant, et pourtant… Etait-il possible que

Leonidas ait été mis au courant avant la parution de l'article ? Voire qu'il l'ait *commandité* ?

— Ginny, pourrais-tu garder Elias un moment encore ? Il faut absolument que je voie Leonidas, annonça-t-elle, tendue à l'extrême.

6.

Maribel se trouvait dans l'ascenseur privé qui la conduisait directement au bureau de Leonidas, dans l'immeuble Pallis situé au cœur de Londres, quand son portable se mit à sonner.

— C'est vrai, ce que racontent les journaux ? Que Leonidas Pallis est le père de ton fils ? demanda la voix incrédule de sa tante Hermione.

— J'en ai bien peur, oui, répondit Maribel avec une grimace, car elle s'attendait à une suite plutôt mouvementée.

En effet, sa tante se mit à crier dans l'appareil :

— Mais… comment as-tu fait pour le séduire ? Imogène était bien plus belle que toi et elle avait bien plus de personnalité !

Bien qu'elle se soit attendue à une vive réaction, cette attaque cruelle de la part d'une si proche parente fit frémir Maribel.

— Je sais, dit-elle avec raideur. Désolée si toute cette histoire te contrarie, tante Hermione.

— Ne te moque pas de moi ! Pourquoi serais-tu désolée ? Grâce à ton fils, tu seras bientôt riche ! Tu as été très habile, vraiment !

— Je crois au contraire que j'ai été bien stupide, la contredit Maribel dans un soupir. Je n'ai rien programmé de tout cela, tante Hermione. Ce n'est pas ainsi que j'envisageais ma vie quand j'étais plus jeune.

— Je t'interdis de chercher à revoir quiconque de la famille ! En ce qui nous concerne, tu n'existes plus !

Ces propos haineux touchèrent Maribel plus qu'elle ne l'aurait voulu. Elle avait espéré qu'avec le temps, l'attitude de sa tante envers son fils changerait. Aujourd'hui, elle voyait bien qu'il ne fallait pas se faire d'illusions.

La porte de l'ascenseur coulissa, et Maribel entra dans un hall privé. Un assistant la guida jusque dans un vaste bureau et l'informa que M. Pallis la rejoindrait dès que son rendez-vous aurait pris fin.

Les grandes baies vitrées offraient une vue à couper le souffle sur la City dont les lumières scintillaient sur fond de soleil couchant. Le mobilier moderne avait beaucoup de cachet, mais, avant tout, l'endroit était conçu pour travailler dans la plus grande efficacité possible. Leonidas ne mélangeait jamais les affaires et le plaisir, et n'avait sans doute pas été ravi d'apprendre sa visite impromptue au sein de son empire commercial et financier.

Il apparut enfin, aussi superbe qu'à l'accoutumée, dans un costume gris anthracite à fines rayures égayé d'une cravate rouge. Une expression préoccupée assombrissait ses traits altiers. Dans un mouvement déconcertant, il traversa la pièce pour venir prendre les deux mains de Maribel dans les siennes.

— Tu aurais dû me dire que tu voulais me voir. Je t'aurais envoyé l'hélicoptère. Comment vas-tu ?

Il avait vraiment une classe étonnante et le don de prononcer les bonnes paroles au bon moment, songea-t-elle distraitement. Sous le feu de son regard sombre frangé de longs cils, elle avait presque le vertige.

Néanmoins, il lui suffit de penser à son fils pour éprouver une subite envie de meurtre. Elle lui arracha ses mains dans un geste de rejet.

— Tu te permets d'être gentil parce que tu penses avoir gagné la partie. Tu crois que j'ai parcouru tout ce chemin pour quémander ton aide, n'est-ce pas ?

— Eh bien… tu as eu, j'imagine, une journée plutôt éprouvante. Il est bien normal que je te soutienne, répondit-il prudemment.

— C'est bien là-dessus que tu comptais, hein ?

— Je ne vois pas…

— C'est toi qui es à l'origine de cet article publié dans *Globe* ! Tu as tout manigancé, je le sais. Non, ne me raconte pas d'histoires !

Nullement démonté par son attaque virulente, il alla s'asseoir derrière son immense bureau, croisa les jambes et objecta :

— Je ne t'ai jamais menti.

— L'article relate des faits très précis. Tout est véridique et il n'y a aucune révélation scandaleuse.

— Simplement parce qu'il n'y a aucun scandale dans ta vie. A part moi…

Il lui souriait d'un air tranquille. Il n'avait pas nié, pas avoué non plus. Maribel bouillait sur place. Elle avait espéré en secret qu'il balaierait ses accusations d'un argument imparable. Mais pas même une protestation n'avait franchi ses lèvres, et elle commençait à comprendre les raisons de ce silence.

— Tu t'es montré très efficace, murmura-t-elle. Mais j'ai du mal à concevoir que, même toi, tu puisses avoir recours à des méthodes aussi viles.

Leonidas était décidé à ne pas mordre à l'hameçon. Maribel avait bien le droit d'être bouleversée et il était prêt à la laisser se défouler. Bien que curieux de savoir comment elle avait abouti si vite à ces conclusions, il n'était pas vraiment étonné par sa perspicacité.

— Les paparazzi étaient sur notre piste, fit-il observer. Ce n'était qu'une question de temps avant qu'ils nous piègent.

— *Nous* ? Il n'y a pas de « nous » ! se récria-t-elle.

— Dis-tu cela parce que tu fréquentes quelqu'un d'autre ?

— Je ne fréquente personne, objecta-t-elle à contrecœur.

— Ecoute, que cela te plaise ou non, nous sommes liés par notre fils. Combien de temps pensais-tu que je pourrais faire la navette entre chez toi et chez moi sans attirer l'attention ? Elias ne peut pas demeurer caché toute sa vie, *glikia mou*.

— Je ne suis pas d'accord…

— Avec tout le respect que je te dois, tu ne sais pas de quoi tu parles. Tu n'appartiens pas au monde dans lequel je vis. C'est un véritable panier de crabes ! Même avec une équipe de sécurité renforcée, mes déplacements sont surveillés, mes actions épiées et commentées. Parfois, il vaut mieux donner un os à ronger à la presse pour rester maître du jeu. Sinon, elle n'hésite pas à vous traîner dans la boue ! Je suis de ceux qui pensent qu'il est préférable d'avoir le contrôle de la situation plutôt que de subir les calomnies.

Maribel n'en croyait pas ses oreilles. Son aplomb la mettait hors d'elle.

— Tu penses avoir agi au mieux de nos intérêts, n'est-ce pas ? Mais tu n'avais nullement l'intention de me dire la vérité, et, maintenant que le mal est fait, tu cherches à te disculper. Tu n'as pas l'air de mesurer l'étendue des dégâts !

— Je comprends ta contrariété, mais tout cela est parti d'une bonne intention. Je n'ai pas honte d'Elias. C'est mon fils, et je suis fier de lui. Je refuse de le dissimuler aux yeux du monde.

— Et que fais-tu de nos vies ? Tu te moques éperdument de cet aspect des choses, n'est-ce pas ? Ma vie vient d'être jetée en pâture aux curieux et je n'ai plus d'intimité. Tu n'avais pas le droit de faire ça ! Désormais, mon nom sera pour toujours associé à cette histoire, je serai estampillée « maîtresse d'une nuit du milliardaire », et toi…

— *Theos mou*, tu te trompes…

Mais Maribel ne l'écoutait pas.

— Cela ne te suffisait donc pas que je te laisse voir Elias ? Il faut vraiment que tu modèles les choses et les gens à ton gré, quitte à les briser ! Tu es incapable de supporter qu'on ne soit pas du même avis que toi !

— Je veux simplement que vous fassiez tous les deux partie de ma vie et que nous ayons une relation saine, franche et ouverte.

— Et si tu ne peux obtenir ce que tu veux en le demandant, tu n'hésites pas à employer n'importe quel moyen pour arriver à tes fins. Eh bien, tu as juste réussi à me prouver qu'il est absolument impossible d'avoir confiance en toi. J'en ai terminé avec toi, Leonidas. Tu m'entends ? Je t'ai donné ta chance, et tu en as profité pour me manipuler.

— Tu cherches le conflit, mais sache que je n'ai pas l'intention de vous abandonner.

— Toute ta vie, tu as abandonné les femmes que tu avais séduites. Et, en ce moment même, le fils qui selon toi a tant d'importance à tes yeux se cache sous la table avec son chien ! cria Maribel, ses yeux violets étincelants de colère et de larmes contenues. Elias ne comprend pas pourquoi je suis malheureuse, pourquoi on ne peut plus ouvrir les rideaux, pourquoi il fait sombre dans la maison, pourquoi il ne peut pas aller jouer dans le jardin comme d'habitude. Il est effrayé, désorienté. Tu es son père et pourtant tu es l'unique responsable de cette situation intolérable !

Leonidas avait pâli sous son hâle. Maribel ne le laissa pas prendre la parole pour qu'il tente de se justifier.

— Et pourquoi ? Oui, pourquoi as-tu fait cela ? Simplement pour voir triompher ta volonté, la seule et unique chose qui t'intéresse au monde ! Tu croyais gagner, comme d'habitude, mais tu as perdu sur toute la ligne, Leonidas. A présent, je te considère comme une menace pour moi et pour mon fils. Maintenant, si tu veux revoir Elias, il faudra d'abord m'épouser !

Il sursauta, et ses épais sourcils se froncèrent aussitôt.

— Pardon ?

— Tu m'as bien entendue. C'est à cette seule condition que je me sentirais en sécurité si tu continuais à voir Elias. Je n'ai pas les relations ni l'argent qu'il faut pour m'opposer à toi, et je sais que devant un tribunal je serai perdante. Mais, si je devenais ton épouse, je serais en mesure de t'affronter d'égal à égal. Enfin, puisque nous savons tous deux que cela n'arrivera jamais, tu peux dire adieu à ton fils. Laisse-nous tranquilles ! Les journalistes finiront bien par se lasser et, bientôt j'espère, nous retournerons à notre vie d'avant.

Leonidas se leva d'un bond.

— Mais… mais… tu ne peux pas me rayer de ta vie comme ça ! bégaya-t-il, outré.

— Pourquoi ? Je sais ce dont tu es capable maintenant, et il est de mon devoir de protéger Elias.

— Je ne lui ferai jamais de mal !

Il avait saisi ses minces poignets et les retenait dans ses mains. Maribel se démena en vain pour se libérer, laissant échapper un sanglot de rage.

— Tu n'es certainement pas un exemple pour lui ! Tu as beau posséder des dizaines de maisons, tu trouves le moyen de vivre en nomade… Tu n'as pas de foyer stable. Enfant, tu n'avais pas de règles à respecter, tu as grandi comme une herbe folle, sans cadre, sans limites, sans repères. A dix ans, tu avais une Ferrari miniature et ta propre piste de course automobile, mais tu dînais seul dans ta chambre le soir. Comment veux-tu enseigner à Elias ce qu'on ne t'a jamais appris ?

— Mais, si tu acceptais d'emménager à Heyward Park au lieu de t'entêter, je pourrais apprendre et acquérir les bases qui me font défaut. Ce ne doit pas être si compliqué…

— Non. Je veux retrouver ma vie d'avant. Je veux que nous cessions tout contact.

— Pas question !

Elle releva la tête d'un air de défi et ses boucles châtaines dansèrent autour de son visage. Ses joues empourprées et ses lèvres roses la rendaient plus désirable que jamais et, en dépit de sa fureur, Leonidas se sentit submergé par un désir brûlant.

— Je suis désolée, reprit-elle plus calmement, mais tu ne m'apportes rien de bénéfique. Je t'ai dit tout ce que j'avais à dire. Tiens-toi éloigné de nous. Je ne te dois rien. Il y a quelques semaines encore, tu ignorais l'existence d'Elias et tu étais tout à fait content de ton sort. J'aurais préféré que tu ne viennes pas nous rendre visite…

Sur ces mots, elle tourna les talons et quitta le bureau. Leonidas demeura pétrifié, à fixer l'endroit où la jeune femme se tenait encore quelques secondes plus tôt. Elle venait de le planter là, une fois de plus. Un sentiment d'impuissance insupportable l'envahit. Ainsi, il s'était trompé sur toute la ligne. Mais pourquoi le condamnait-elle sans cesse ? Pourquoi lui trouvait-elle tous ces défauts, toutes ces « lacunes », alors que les autres femmes se pâmaient d'admiration devant lui ? Pourquoi s'obstinait-elle à le fuir, à refuser tout compromis et même toute négociation ? Comment fallait-il donc procéder pour plaire à Maribel Greenaway ?

En tout cas, s'il n'y avait que le mariage pour l'amadouer, elle allait au-devant d'une cruelle désillusion ! songea-t-il, encore stupéfié par l'incroyable culot dont elle avait fait preuve.

Essayait-elle de le faire chanter ? Même si cette idée le révoltait, il ne parvenait pas à oublier l'image de son fils, blotti sous la table, serré contre ce chien stupide. Mais la colère l'assaillit de nouveau lorsqu'il pensa que, sans la permission de Maribel, il ne pourrait jamais revoir Elias.

Une semaine morne et sans joie s'écoula dans la vie de Maribel.

Elle était toujours harcelée par les paparazzi qui demeuraient agglutinés au bout de l'allée et la traquaient dans tous ses déplacements. A sa demande, la police leur avait interdit de franchir l'enceinte de la propriété, mais Maribel rechignait toujours à emmener Elias dans le jardin de peur qu'un journaliste soit embusqué derrière une haie ou une barrière.

Elle était également torturée par une autre crainte : celle d'avoir été injuste envers Leonidas qui, après tout, était devenu tel qu'il était par la faute de ses parents. Sa défunte mère, Elora Pallis, n'avait aucune idée de la manière dont on élevait un enfant. Fille unique et seule héritière de la fortune familiale, elle avait eu quatre maris et un nombre incalculable d'amants, avant de mourir d'une crise cardiaque au seuil de sa quarantième année. Sa brève existence avait été ponctuée de scandales, d'abus d'alcool et de drogues en tout genre. En conséquence, elle avait été une mère déplorable pour sa fille, née alors qu'elle-même était à peine sortie de l'adolescence, puis pour son fils, à qui elle avait donné naissance trois ans plus tard.

Leonidas n'avait découvert l'identité de son vrai père qu'après la mort de ce dernier. Il n'avait jamais reçu d'amour ni d'attention de la part de qui que ce soit, n'avait jamais connu la stabilité d'un foyer normal. A l'âge de quatorze ans, il était passé devant un juge pour réclamer son émancipation. L'ayant obtenue, il était parti vivre chez son grand-père. Il n'avait pas fallu plus de trois années pour qu'il se retrouve totalement orphelin quand, après le décès de son grand-père, sa mère et sa sœur aînée avaient tour à tour trouvé une mort prématurée.

Depuis, il avait été seul au monde. Du moins, jusqu'au jour où il avait rencontré Elias.

Une semaine après leur entrevue à Londres, Leonidas fit irruption dans la classe de Maribel à l'université, alors qu'elle tentait laborieusement d'établir un emploi du temps entre deux cours.

A son entrée, elle se leva d'un bond et cria presque :

— Leonidas !

Son cœur battait la chamade. Elle qui était connue pour avoir les nerfs solides sursautait au moindre bruit depuis qu'elle se savait surveillée en permanence par les paparazzi.

Leonidas avait le visage fermé, comme à son habitude, et pourtant il était toujours beau à couper le souffle.

— J'ai réfléchi, articula-t-il en dardant sur elle son regard noir. Si le mariage est la seule solution, très bien. J'accepte. Je vais t'épouser.

Maribel dut prendre appui sur le bureau encombré de papiers et autres objets hétéroclites.

— Mais… je ne parlais pas sérieusement ! bredouilla-t-elle.

Je voulais juste te faire comprendre… quel fossé nous sépare et à quel point nos vues divergent…

— Elias compte beaucoup pour moi. Ce que je te propose, c'est un arrangement entre nous, une sorte de marché, tu comprends ?

— Bien sûr…

En réalité, elle ne comprenait rien à ce qu'il disait, pas plus qu'à ses propres émotions. Elle avait l'impression que sa vie venait de basculer.

— Mais comment un mariage peut-il s'apparenter à un « marché » ? demanda-t-elle enfin.

— C'en est un, de toute évidence. Je veux pouvoir voir mon fils en toute liberté, je souhaite qu'il porte mon nom, je veux le voir grandir. Et toi, tu ne le partageras qu'à la condition expresse de porter mon nom. Donnant, donnant. C'est ce que j'appelle un marché, *glikia mou.*

— Ce n'est pas ce que je voulais dire. Je désire simplement ce qu'il y a de mieux pour Elias…

Leonidas eut un soupir agacé.

— Alors, c'est oui ou c'est non ? Je ne te poserai pas deux fois la question.

Maribel s'efforçait de réfléchir à toute allure. Si elle épousait Leonidas, elle lui offrirait par là même l'autorité parentale. D'un autre côté, il ne pourrait l'écarter des décisions cruciales. Elle serait là chaque jour pour veiller sur son fils. Et, au cas où leur relation dégénérerait, elle pourrait au moins se payer les services d'un bon avocat. Mais, outre ces considérations d'ordre pratique, qu'en était-il des questions d'ordre personnel ?

Pourtant, il n'y avait pas à s'y tromper. Le pacte de Leonidas ressemblait à s'y méprendre à un accord commercial entre deux compagnies. Il n'était pas question de sentiments, et leur relation resterait strictement platonique.

Ceux qui connaissaient bien les Pallis et leur légendaire sang-froid auraient été sidérés de savoir qu'en cet instant Leonidas était à deux doigts de sortir de ses gonds. Il venait de se résoudre à accepter ce qu'il avait toujours refusé : faire une demande en mariage. Une femme ambitieuse aurait accepté avant même qu'il ait fini sa phrase. Une femme amoureuse lui aurait sauté au cou… Et que faisait Maribel ? Les paupières baissées, elle *hésitait* !

Maribel pesait toujours le pour et le contre. Epouser un homme qui ne l'aimait pas n'augurait certes pas d'un avenir heureux. Le chemin serait semé d'embûches, de désillusions et de souffrances. Mais, en vérité, cela ne changerait pas grand-chose à ce qu'elle vivait déjà. Et, puisqu'elle semblait vouée à n'aimer personne d'autre que Leonidas, pourquoi ne pas passer son existence auprès de lui ? Même s'il n'était pas son amant, il serait son compagnon…

Bien sûr, elle ne s'attendait pas à ce qu'il l'aide à construire leur vie et se comporte comme un mari et un père modèles. Cela aurait été bien naïf de sa part ! Un peu comme ouvrir la cage d'un lion et espérer que le fauve affamé vienne lui lécher la main et miauler comme un gentil chaton… Leonidas n'avait d'ailleurs aucune raison d'endosser un pareil rôle. Même s'il l'avait voulu, il n'aurait pas su comment s'y prendre. Et puis, manifestement, il n'avait pas l'intention de changer quoi que ce soit à ses habitudes…

Au moins, elle le savait et n'entretiendrait pas de faux espoirs.

— D'accord, je t'épouserai, convint-elle avec gravité.

— Avec beaucoup de réticences, apparemment, commenta-t-il, un sourire désabusé aux lèvres.

— C'est vrai. Je suis réaliste et tu es d'une nature plutôt imprévisible.

Ses yeux violets étincelaient comme des cristaux de glace. Il assena :

— Très bien. Je veux que le mariage ait lieu d'ici à trois semaines.

— T… trois semaines ? Seigneur, mais c'est trop rapide ! Laisse-moi le temps de…

— Mes assistants s'occuperont de l'organisation et des détails administratifs. Tout sera réglé en un rien de temps.

Comme n'importe quel problème qu'il abordait. Maribel se retint de hocher la tête. Les paroles de Leonidas ne lui laissaient plus aucun doute sur la manière dont il envisageait leur union. Hélas, cela ne renforçait en rien l'amour-propre de la jeune femme.

— Je pars demain pour New York, annonça-t-il encore. J'y resterai au moins quinze jours avant de rentrer en Angleterre. Si Elias et toi veniez à Londres aujourd'hui, je pourrais le voir avant de prendre l'avion.

— Bon, d'accord, acquiesça-t-elle sans se faire prier.

Elle n'avait pas la conscience très tranquille depuis qu'elle avait pris la décision de séparer l'enfant de son père.

— Tu passeras la nuit chez moi, enchaîna-t-il comme si cela coulait de source.

Elle ouvrit la bouche pour répondre, mais ne trouva pas ses mots. Elle aurait pu comprendre qu'il s'agissait d'une simple disposition d'ordre pratique, mais la lumière qui s'était allumée dans les yeux de Leonidas lui soufflait le contraire.

— Tu as décidé cela comme ça, sur un claquement de doigts ? ironisa-t-elle.

— Tu ne crois tout de même pas que je vais attendre jusqu'à notre nuit de noces, chérie ?

Il lui avait répondu dans un murmure lascif. Elle se troubla.

— Attends… Nous parlions d'un échange de bons procédés, d'un mariage de convenance. Tu ne t'attends tout de même pas à ce que je partage ton lit ?

— Il faut bien cimenter un contrat, non ? Quand tu auras passé la nuit avec moi, je serai au moins sûr que tu ne te dédiras pas.

Maribel ferma les yeux pour cacher sa stupéfaction. Leur « marché » comprenait donc une clause concernant leurs relations intimes. Allait-elle se dérober maintenant ?

Quand les longs doigts nerveux de Leonidas se posèrent sur son menton, elle rouvrit les yeux.

— Alors, marché conclu ? demanda-t-il.

Les joues en feu, elle hocha la tête en signe d'assentiment. Il lui prit alors la main et, à sa grande surprise, glissa à son annulaire une magnifique bague en diamants et rubis qui scintillait de mille feux.

— Dans ce cas, il nous faut respecter la coutume, décréta-t-il. Cette bague de fiançailles permettra de sauvegarder les apparences.

Si Maribel avait éprouvé un soupçon d'exaltation à le voir passer le bijou à son doigt, celle-ci disparut d'un coup comme il prononçait ces paroles. Il ne s'agissait nullement d'un cadeau personnel.

— Je suis très étonnée que tu tiennes à respecter les conventions, fit-elle remarquer.

— Même si ce n'est pas mon cas, je sais que tu accordes de l'importance aux traditions. Et puis, quand j'entreprends quelque chose, je vais jusqu'au bout. En d'autres termes, j'entends remplir ma part du contrat. Et j'attends que, de ton côté, tu assumes parfaitement ton rôle d'épouse, ajouta-t-il en la couvant d'un regard éloquent.

— Je ne me fais pas d'illusions ! Si jamais je ne suis pas à la hauteur, tu te feras un plaisir de me le signaler, n'est-ce pas ?

Contre toute attente, un sourire éclaira les traits du Grec. Il pencha la tête et Maribel crut qu'il allait l'embrasser. Mais il se rembrunit brusquement pour jeter un coup d'œil à sa montre et indiqua :

— L'hélico viendra te prendre vers 2 heures.

Maribel opina d'un lent signe de tête. Elle n'avait pas encore tout à fait compris ce qui lui arrivait.

Elle était sur le point d'épouser Leonidas Pallis !

— Je n'ai pas l'impression… que tout ceci soit réel ! avoua-t-elle tout à trac.

— Ne t'inquiète pas, cela viendra bien assez vite. Je te préviens, je ferai un très mauvais mari.

Et il fallait admettre que, selon toute probabilité, il pensait juste.

Saisie par un début de panique, Maribel se demanda si elle n'était pas folle d'avoir accepté sa proposition. Quoi qu'il en soit, il était trop tard. Elle avait donné sa parole.

A peine Leonidas eut-il disparu dans le couloir que la porte se rouvrit sur un groupe d'étudiants. Maribel avait déjà pris un léger retard sur le cours suivant. Tandis que ses élèves s'installaient, incrédule, elle contempla la bague qui ornait son doigt. Le bijou était vraiment superbe et d'une facture très délicate. A sa vue, un soupir lui gonfla la poitrine. Pourtant, il n'avait aucune signification réelle, se raisonna-t-elle, bien décidée à garder les pieds sur terre.

7.

L'appartement que Leonidas occupait au cœur de Londres parut gigantesque à Maribel. Un domestique vint l'accueillir et lui fit traverser le vestibule aux dalles noires et blanches pour la conduire jusque dans un salon de belles dimensions.

Parvenue sur le seuil, elle déposa Elias par terre. Il était adorable dans son pantalon en velours côtelé bleu pâle et son T-shirt de coton blanc. A peine sur ses jambes, il poussa un petit cri de joie, lâcha la main de sa mère et se mit à courir.

— Papa ! Papa !

Leonidas se pencha pour cueillir le petit garçon au vol et le soulever dans les airs. Il fut surpris de l'émotion qui éclata en lui quand le rire frais de l'enfant jaillit. Elias lui donna un gros baiser, puis exigea d'être libéré, impatient de partir en exploration.

— Tu lui as manqué. Il t'a réclamé plusieurs fois, avoua Maribel.

Il tourna les yeux vers elle et demeura saisi par son charme indéfinissable, quintessence de ce raffinement typiquement anglais qu'il avait toujours admiré. Elle portait ce jour-là une robe en tricot toute simple, d'un bleu lavande qui faisait ressortir la couleur de ses yeux. Ses traits expressifs traduisaient son intelligence et sa finesse d'esprit, mais sa bouche à la lèvre inférieure légèrement renflée évoquait une sensualité à fleur de peau. Maribel était une personne discrète et réservée. De prime abord, les hommes ne se retournaient pas sur elle. Mais lorsqu'on la regardait vraiment, elle apparaissait dans toute sa splendeur et sa singularité.

Il s'en était rendu compte depuis longtemps déjà.

— Pourquoi me fixes-tu comme ça ? s'inquiéta-t-elle au bout d'un moment, en se demandant si elle aurait dû insister sur le maquillage ou encore s'habiller avec plus de recherche.

— J'aime beaucoup ton style, *hara mou*. Bien sûr, je t'aimerai encore plus quand je t'aurai ôté cette robe, ajouta-t-il avec son arrogance coutumière. A propos, comment ton chevalier servant a-t-il réagi à l'invasion de ta maison par les paparazzi ?

Maribel se borna à hausser les épaules. Sloan ne l'avait pas rappelée et elle ne pouvait pas lui en vouloir. Toute cette turbulence médiatique était très difficile à supporter. Sans compter qu'entendre son nom associé à celui de Leonidas Pallis aurait été dissuasif pour n'importe quel homme qui se serait intéressé à elle.

Comprenant qu'il avait éliminé son rival, Leonidas, satisfait, reporta son attention sur Elias à qui il présenta le dernier cadeau qu'il venait d'acheter. Emerveillé par la grosse locomotive rouge, l'enfant se mit aussitôt à quatre pattes pour promener dans le salon son jouet flambant neuf qui émettait un bruyant « tut-tut ».

Leonidas garda le sourire en dépit du raffut. Tout en observant son fils, il ne put s'empêcher de se demander si Maribel avait couché avec son admirateur. Certes, il n'avait pas à se poser ce genre de questions, mais c'était plus fort que lui. Etait-elle amoureuse ou s'agissait-il d'une histoire sans importance ? Et combien d'amants avait-elle eus depuis qu'elle s'était détournée de lui, deux ans et deux mois plus tôt ?

Tout à coup, sa bonne humeur se volatilisa.

Elias dîna tôt et prit un long bain durant lequel Leonidas joua avec lui et une foule de petits bateaux en plastique. La salle de bains adjacente à la nursery était immense, pourvue de tout le matériel de puériculture nécessaire, et agrémentée d'une confortable banquette en velours sur laquelle Maribel s'était pelotonnée pour assister aux jeux de son fils. Par choix, elle demeurait en retrait. Elle avait même tenté de s'esquiver pour laisser le père et le fils en tête à tête, mais Elias s'en était rendu compte et avait manifesté sa désapprobation par des cris stridents qui avaient sidéré Leonidas. Dans ce cadre qui ne lui était pas familier, il avait besoin de sentir sa mère proche. Il n'en restait pas moins que Leonidas était merveilleux avec le petit et déployait des trésors de calme et de patience que Maribel ne lui connaissait pas.

Alors qu'elle se redressait, elle surprit son reflet dans le miroir fixé au mur et grimaça. Elle avait chaud, ses joues étaient rougies, et ses cheveux frisottaient dans l'atmosphère humide de la pièce. Elle avait l'air si... ordinaire ! songea-t-elle, atterrée. Personne ne pourrait croire en la voyant que le célèbre play-boy Leonidas Pallis l'avait choisie pour épouse. Et l'idée contre laquelle elle luttait jour et nuit depuis le coup de téléphone rageur de sa tante revint la hanter : Imogène aurait été beaucoup mieux à sa place.

Un instant, Maribel se représenta sa cousine, somptueuse dans une robe de grand couturier qui aurait mis en valeur sa silhouette élancée, assise sur ce même canapé, ses longs cheveux blond platine étalés sur le velours, un sourire moqueur sur ses lèvres purpurines. Imogène était si belle, si sophistiquée ! Elle ne serait pas restée silencieuse dans son coin, oh non ! Elle aurait bavardé gaiement et aurait plaisanté, avec ce don inné qu'elle avait pour égayer l'atmosphère.

Sans Imogène, Maribel n'aurait jamais fait la connaissance de Leonidas.

Face à cette vérité aussi irréfutable qu'humiliante, elle se sentit submergée par le chagrin et l'amertume.

Leonidas venait d'appuyer sur le bouton d'appel pour réclamer la présence de Diane, la nurse, qui arriva bientôt et prit le relais auprès d'Elias. Leonidas s'approcha alors de Maribel et la prit par la main pour l'entraîner sans un mot hors de la salle de bains.

Arrachée à ses pensées moroses, celle-ci tenta de protester :

— Où allons-nous ? Elias…

— Il est en train de s'endormir. Mais s'il te réclame, Diane nous appellera, c'est promis.

Comme elle hésitait encore, il la souleva dans ses bras et l'emporta dans le couloir sans autre forme de procès. Leur chemin croisa celui d'un domestique qui s'écarta sans un mot pour le laisser passer, tandis que Maribel, au comble de l'embarras, gémissait :

— Leonidas, il est à peine 8 heures !

— J'aime prendre mon temps, rétorqua-t-il, imperturbable.

Parvenu dans une chambre à la décoration spectaculaire, il referma la porte de l'épaule, puis remit la jeune femme sur ses pieds et l'attira contre lui. Le contact de sa poitrine dure contre ses seins suffit à allumer le désir de Maribel. Leonidas la saisit aux hanches pour plaquer son bassin contre le sien et presser contre son ventre son sexe dur comme le roc. En réaction, elle sentit une vague de chaleur lui dévorer les reins.

D'une main, il écarta les boucles châtaines qui lui masquaient le visage.

— J'aimais mieux quand tes cheveux étaient plus longs. Je voudrais que tu les laisses pousser, chuchota-t-il.

— Tu ne peux pas me demander ce genre de choses, Leonidas…

— Pourquoi ? Ne veux-tu pas me faire plaisir ?

— Et toi ? Es-tu prêt à me faire plaisir ? ne put-elle s'empêcher de riposter.

Un lent sourire étira les lèvres de Leonidas.

— Bien sûr, mais je n'ai pas besoin que tu m'expliques comment, *mali mou*.

— Alors que moi, j'ai besoin d'éclaircissements ?

— Tu ne peux pas deviner si je ne t'apprends rien, argumenta-t-il d'un ton qui laissait entendre que sa logique était irréfutable.

— Pardonne-moi, mais je ne vois pas où se situe l'égalité dans ce partenariat.

— Je suis grec. J'ai une vision traditionnelle du mariage. A propos, si tu te laissais pousser les cheveux, je t'assure que le résultat serait tout à fait charmant.

Cette fois, elle ne put répondre, car il venait de refermer les mains sur ses fesses et la plaquait de nouveau contre lui tout en cherchant sa bouche. Son baiser avide lui coupa le souffle. Tremblante, elle chavira en arrière tandis que, d'une main aventureuse, il défaisait le bouton du col de sa robe.

Leonidas avait du mal à se maîtriser. Il mourait d'envie de la posséder, ici, tout de suite, mais il savait qu'il devait être patient. En effet, s'il se montrait trop pressé, comme lors de leur première étreinte, deux ans auparavant, son plaisir en serait amoindri. Pourtant, Maribel avait répondu à ses caresses avec une fougue encourageante, mais il était dans son caractère de s'effacer pour plaire aux autres, alors… mieux valait prendre son temps et faire les choses correctement.

Il retroussa la robe en jersey souple afin de révéler ce corps si féminin qui le faisait rêver depuis si longtemps, puis fit passer le vêtement par-dessus la tête de Maribel. D'une main, il la fit pivoter, souleva la masse bouclée de sa chevelure et posa sa bouche sur sa nuque gracile.

Un long frisson parcourut le dos de Maribel qui ferma les yeux. En cet instant, elle aurait été bien incapable d'arrêter Leonidas, même si elle l'avait voulu. Ses jambes menaçaient de se dérober sous elle, et elle se sentait fondre.

— Je te promets que cette nuit sera inoubliable, *hara mou*, chuchota-t-il à son oreille.

Une vague de tendresse amusée submergea Maribel. Comme toujours, Leonidas avait de l'aplomb à revendre !

— Ce n'était peut-être pas si éblouissant la première fois ? reprit-il.

— Je n'ai jamais dit cela ! objecta-t-elle, surprise.

Elle ne l'avait pas contredit, remarqua-t-il, et sa tension

augmenta. Peut-être avait-il eu tort d'aborder le sujet ? Il n'avait pas l'habitude de ce genre de conversation.

— Tu étais vierge, et la première fois est rarement bonne…

— C'était pourtant merveilleux, confessa-t-elle en toute franchise.

Elle se tourna dans le cercle de ses bras et lut l'incrédulité dans son regard noir piqueté d'or.

Leonidas ne jugea pas utile de pousser plus loin l'interrogatoire. *Merveilleux* ? Ses incertitudes s'évaporèrent comme un mauvais rêve. Il se détendit et, soulagé d'un grand poids, écrasa sous sa bouche les lèvres roses et pulpeuses. En un clin d'œil, le soutien-gorge en dentelle rose et la petite culotte coordonnée disparurent. Il cueillit ses seins libérés au creux de ses paumes, s'émerveilla de leur douceur crémeuse et agaça leurs pointes rigides.

— Tu aimes ? chuchota-t-il.

— Oh oui, tu es vraiment… très doué ! acquiesça-t-elle dans un souffle.

Elle n'éprouvait plus la moindre gêne et se sentait délicieusement libertine. Leonidas lui répondit d'un sourire provocant et la fit reculer jusqu'au lit sur lequel il la bascula d'un mouvement audacieux. Puis il se redressa pour ôter sa chemise et, un à un, tous ses autres vêtements.

Maribel le regarda faire, le souffle court. Elle l'avait toujours trouvé d'une beauté presque irréelle, mais aujourd'hui, dans la lumière tamisée de cette fin de journée qui filtrait à travers les épais rideaux de velours, il lui apparaissait comme une véritable statue grecque avec ses muscles bien dessinés, sa poitrine imposante, ses épaules larges et ses hanches étroites. Elle aurait peut-être dû détourner le regard de son sexe orgueilleusement dressé entre ses cuisses puissantes, mais elle en était incapable.

Deux ans plus tôt, chez Imogène, tout avait été très vite après qu'ils avaient échangé leur premier baiser. Ils avaient fait l'amour à la hâte, dans le noir, sans prendre le temps de se dévêtir tout à fait, enfiévrés par l'urgence de leur désir. Auparavant, Maribel n'aurait jamais cru qu'elle pourrait un jour se conduire ainsi avec un homme et éprouver une telle frénésie.

Aujourd'hui, pour la première fois, elle s'autorisait à libérer ces souvenirs brûlants.

Leonidas contemplait avec une appréciation toute masculine le corps nu de Maribel, tout en courbes opulentes et pâleur ivoirine. Puis il nota son regard absent.

— A quoi penses-tu ?

— A cette nuit-là… chez Imogène.

— La nuit où tu m'as arraché ma chemise ?

Elle rougit, car elle avait espéré qu'il avait oublié ce détail depuis longtemps.

— C'était… extraordinaire ! reprit-il. Plus torride que tout ce que j'avais connu jusqu'alors.

Maribel s'empourpra de plus belle. Il vint s'allonger près d'elle et l'attira dans ses bras dans un geste possessif, avant d'enfouir son visage contre ses seins ronds. Il prit un téton couleur de framboise, le mordilla doucement, heureux d'entendre la jeune femme soupirer et de sentir ses doigts fins se crisper sur sa nuque.

Maribel ne s'appartenait plus. Tout son être semblait se liquéfier et une pulsation brûlante irradiait au creux de ses cuisses. Il savait si bien jouer de son corps pour lui faire éprouver les sensations les plus délicieuses !

— J'aimerais retrouver ma tigresse…, chuchota-t-il.

Il lui mordilla le lobe de l'oreille tout en guidant sa main vers son sexe dur, qu'elle enserra de ses doigts fins. Elle adorait le toucher, adorait partager une telle intimité avec lui et sentir qu'elle avait le pouvoir de lui faire perdre tout contrôle.

Sous sa caresse, Leonidas poussa un soupir de plaisir. Un plaisir uniquement entaché par la pensée qu'elle avait sans doute atteint ce degré d'habileté par une pratique assidue. Furieux, il s'empressa de chasser cette idée de son esprit en dévorant sa bouche de baisers voraces. Quand sa langue se livra à une pénétration plus intime, il la sentit frémir sous lui et laissa alors sa main s'aventurer sur son ventre pour explorer les replis moites cachés au cœur de sa féminité.

— J'ai tellement envie de toi ! souffla-t-il.

— Moi aussi… si tu savais !

Une plainte lancinante s'échappa de sa gorge lorsqu'il commença à stimuler le point le plus sensible de tout son être. Très vite, elle se noya dans l'océan de plaisir qui semblait monter autour d'elle, et sentit son sang battre dans ses veines. Elle gémissait sans retenue, perdue dans une transe érotique qui la coupait de la réalité qui l'entourait. Seul Leonidas demeurait tangible au sein de cet univers mouvant dans lequel elle chavirait.

Bientôt, son désir d'assouvissement se fit intolérable.

A cet instant précis, Leonidas se glissa entre ses cuisses ouvertes. Comme elle levait sur lui un regard suppliant, il la pénétra d'un puissant coup de reins. Le sentir venir en elle emplit Maribel d'un incroyable sentiment de plénitude. La fusion de leurs deux corps lui apparaissait comme la réunion d'un tout qu'il ne serait plus jamais possible de dissocier. Tandis qu'il la possédait, elle se laissa aller jusqu'à atteindre, en même temps que son compagnon, l'explosion finale qui bouleversa chaque cellule de son corps et la laissa pantelante, flottant entre le nirvana et la terre ferme.

Lorsqu'elle revint à la réalité, la joie qui nimbait son être était encore si présente que, sans réfléchir, elle suivit tout simplement son instinct et noua ses bras autour du cou de Leonidas dans un élan d'amour irrépressible. Doucement, elle lissa sur sa tempe une mèche de cheveux humide de sueur et fit pleuvoir des baisers sur chaque parcelle de peau qui était à sa portée, avant de pousser un long soupir de béatitude.

Leonidas faillit rire, car il retrouvait chez elle les accès affectueux de son fils. Il posa au coin de sa bouche un bref baiser, puis roula sur le dos avant de la reprendre dans ses bras. Elle lui offrit un sourire radieux et, dans ce sourire, Leonidas reconnut quelque chose de familier.

— Tu sais, c'est la première fois que je m'en aperçois, mais tu ressembles vraiment à Imogène !

Cette idée n'avait jamais effleuré l'esprit de Maribel qui le considéra avec stupeur. Tout à coup, il lui semblait qu'un vent glacial s'était mis à souffler.

— Cela ne saute pas aux yeux, reconnut-il. La similitude est moins dans les traits que dans certaines expressions. Ton sourire, par exemple…

Maribel continuait bravement de sourire, alors que les larmes lui montaient aux yeux. Comment pouvait-il lui dire qu'elle ressemblait à sa cousine, alors qu'il n'en était rien ? Imogène mesurait quinze bons centimètres de plus qu'elle et, avec sa silhouette de sylphide et ses longs cheveux blond clair, elle était capable de mettre en valeur n'importe quelle tenue, même la plus banale. Hermione Stratton lui avait clamé qu'elle n'arrivait pas à la cheville de sa fille, et c'était une vérité que Maribel avait toujours acceptée. Néanmoins, entendre l'homme qu'elle aimait dire qu'elle lui rappelait sa cousine produisit sur elle un effet dévastateur.

N'avait-il couché avec elle, la nuit où Elias avait été conçu, que parce qu'il lui trouvait une vague ressemblance avec Imogène, qu'il venait de perdre et à laquelle il demeurait attaché en dépit de tous ses défauts ?

Lentement, elle détacha ses doigts des siens. Un silence lourd retomba dans la chambre et fut brisé un moment plus tard par la sonnerie du téléphone posé sur la table de chevet. Leonidas décrocha d'un mouvement impatient.

— Liane ?

Il se mit à parler dans un français aisé. Maribel, qui maîtrisait cette langue, ne tarda pas à comprendre qu'il s'agissait de Liane Daunay, le top model qui, selon les magazines people les mieux renseignés, avait longtemps été la maîtresse de Leonidas. Brune incendiaire célèbre pour ses jambes interminables qui arpentaient les podiums, elle avait accompagné Leonidas au dernier festival de Cannes. Sa réputation sulfureuse ne s'était pas arrangée depuis qu'elle oubliait régulièrement de mettre une culotte sous ses jupes ultracourtes.

— A ton appartement ? disait Leonidas. Oui, pourquoi pas ? Mais je ne pourrai pas y être avant 22 heures.

Maribel respira si profondément que la tête lui tourna. Ecœurée, elle quitta le lit, saisit sa robe abandonnée sur le parquet et l'enfila tel un automate. Derrière elle, Leonidas discutait toujours en français, mais lorsqu'elle contourna le lit, il posa sa main sur le micro et chuchota :

— Où vas-tu ?

Sans un mot, elle marcha jusqu'à la table de chevet, saisit la carafe d'eau posée là et, délibérément, en renversa le contenu sur le ventre de Leonidas !

Celui-ci bondit hors du lit en égrenant un chapelet de jurons. Trempé, il mit rapidement fin à la conversation et s'essuya sommairement avant de tourner vers Maribel un regard abasourdi.

— Peux-tu m'expliquer ce qui t'a pris ?

— Je voulais te rafraîchir les idées avant de mettre les choses au point entre nous. Si tu es toujours décidé à m'épouser, sache tout d'abord que je ne partagerai pas ton lit si tu continues à coucher avec d'autres femmes.

Le regard sombre de Leonidas étincela.

— *Theos mou*... tu prétends me dicter ma conduite ?

— Ne sois pas si borné. C'est la meilleure offre que tu obtiendras de ma part, aussi je te conseille de bien y réfléchir avant de refuser, poursuivit Maribel avec colère. Si notre relation reste platonique, j'ignorerai tes aventures extraconjugales, car je ne te considérerai pas comme mon mari. Mais si tu tiens à établir une relation intime entre nous, je te préviens que je surveillerai tes moindres allées et venues et que, si tu me trahis, je ferai de ta vie un véritable enfer !

— Personne ne me donnera d'ordre, pas même ma femme !

Maribel avait déjà la main sur la poignée de la porte.

— Si tu franchis ce seuil avant demain matin, je serai vraiment très mécontent, *hara mou* !

— C'est très regrettable, car je vais aller voir si Elias dort bien, puis m'installer dans l'une des chambres d'amis. Bonne nuit.

Après avoir entendu une partie de sa conversation avec Liane Daunay, elle était trop indignée et trop malheureuse pour supporter de dormir auprès de lui cette nuit-là.

Comme elle l'avait dit, elle passa d'abord jeter un coup d'œil dans la chambre de son fils. Celui-ci dormait comme un ange dans son berceau. Elle échangea un sourire contraint avec Diane, la nurse, qui avait entendu le bruit de ses pas et avait entrouvert la porte de communication avec sa propre chambre ; puis elle repartit sur la pointe des pieds.

Elle choisit la chambre qui se trouvait juste de l'autre côté du couloir et referma la porte derrière elle. Elle se sentait comme morte à l'intérieur, mais pensées et images chaotiques se bousculaient dans son cerveau, y créant une étrange confusion.

La réalité venait de faire voler en éclats ses illusions. Elle seule était à blâmer. Leonidas n'avait-il pas joué cartes sur table avec elle depuis le début ?

Ils avaient conclu un marché, et leur mariage serait de pure convenance, admit-elle, le cœur lourd. Il continuerait de papillonner de maîtresse en maîtresse — ces filles sublimes qu'il rencontrait aux quatre coins du monde et qui lui offraient tous les plaisirs exotiques dont il avait besoin. Quant à Maribel, elle porterait son nom et élèverait son fils.

C'était à cela qu'elle s'était engagée.

Mais, à présent, elle savait que l'amour qu'il lui refusait était absolument vital pour elle…

8.

Maribel arracha un pétale de marguerite.

— Je l'aime…

Le pétale tomba sur les graviers devant le petit banc de pierre.

— Un peu… beaucoup… passionnément…, chuchotait-elle, tandis que les pétales arrachés flottaient jusqu'au sol ou étaient emportés par la brise qui se levait sur la roseraie.

Mickey et Elias passèrent près d'elle en trottinant. Depuis un moment déjà, avec un enthousiasme bruyant, ils parcouraient le dédale d'allées de sable fin bordées de haies et de massifs en fleur.

Maribel mit fin à son petit jeu machinal en abandonnant la marguerite sur le dernier pétale « pas du tout » que, par superstition, elle coupa à moitié.

Elle savait bien que la haine n'était que le côté sombre de l'amour, mais, en cet instant, elle n'aurait su dépeindre ses sentiments les plus intimes. Pourtant, le jour du mariage approchait à grands pas. L'annonce de cet événement avait soulevé une telle vague d'excitation dans la presse que Maribel avait été contrainte de se réfugier à Heyward Park. Au moins, chez son père, Elias pouvait courir à son gré dans le parc en compagnie du chien, sans craindre les objectifs des caméras braqués sur lui. Tandis qu'à la maison, chaque buisson, chaque arbre cachait un paparazzi armé d'un appareil à zoom ultra-puissant.

L'héritier junior de la famille Pallis avait déclenché une véritable tempête médiatique.

Maribel se trouvait pour ainsi dire sans domicile depuis qu'un intrus avait cherché à s'introduire dans la fermette déserte. Cette tentative d'effraction l'avait obligée à accepter que ses meubles et autres objets personnels soient retirés de la demeure. Entre-temps, le trimestre scolaire s'était achevé. Elle avait donné sa démission et vidé son bureau. En un laps de temps étonnamment court, sa vie tranquille avait été disloquée, et elle avait un peu l'impression d'avoir été happée par un tourbillon qui l'emportait à toute allure vers… une destination inconnue.

Dans trois jours, il serait trop tard pour se raviser. Elle porterait le nom des Pallis. Cette perspective l'emplissait d'angoisse, ce qui ne lui ressemblait pas. En temps ordinaire, elle n'était pas du genre à éviter les épreuves, mais là, elle avait parfois envie d'attraper Elias et de s'enfuir à toutes jambes.

Le cœur serré, elle ferma les yeux et prit plusieurs inspirations profondes. Elle savait bien qu'elle ne pouvait pas se dérober ainsi à la dernière minute, au moment où Leonidas s'apprêtait à la conduire à l'autel. Ce serait un terrible affront. Lui si fier ne s'en remettrait jamais et lui vouerait une haine mortelle.

Quoi qu'il en soit, tout était organisé dans le moindre détail. Rien n'était laissé au hasard, de la fabuleuse robe de mariée créée par un couturier célèbre aux petites filles et petits garçons d'honneur choisis parmi les rejetons de la dynastie Pallis. Maribel avait supplié Ginny d'accepter d'être son témoin, et son amie avait fini par céder, bien qu'effrayée par l'importance de l'événement. Maribel s'était sentie obligée de prier ses cousines Amanda et Agatha d'être ses demoiselles d'honneur. Après tout, elle n'avait pas d'autre famille. En les snobant, elle n'aurait fait que susciter des commentaires embarrassants dans la presse locale, or elle n'oubliait pas ce qu'elle devait à son oncle et à sa tante.

Ginny avait eu raison de prédire que l'apparition d'un

milliardaire dans la vie de Maribel bouleverserait ses rapports avec son entourage habituel. Dès l'annonce des fiançailles, la famille Stratton au grand complet s'était présentée à la porte de Maribel pour faire amende honorable. Sa tante s'était finalement dit que couper les ponts avec une nièce sur le point d'épouser l'un des hommes les plus riches de la planète n'était pas une bonne idée. Les Stratton semblaient tout à coup s'intéresser à Elias, mais pour Maribel cette volte-face arrivait trop tard. A dire vrai, devant une telle démonstration d'hypocrisie collective, elle s'était sentie très mal à l'aise.

Son humeur ne s'était pas améliorée par la suite, car elle avait à peine vu Leonidas. De retour de New York, il lui avait opposé une réserve glaciale qui n'avait pas contribué à détendre l'atmosphère les rares fois où ils s'étaient croisés. De toute façon, Maribel ne se berçait pas d'illusions. Ce n'était pas pour le plaisir de sa compagnie qu'il inscrivait son nom dans son agenda !

Sa courtoisie indéfectible et la distance qu'il maintenait entre eux lui soufflaient que leur mariage risquait d'être encore plus pénible qu'elle ne l'avait cru. Chaque fois qu'elle avait formulé une suggestion, il lui avait opposé la résistance d'un bloc de granit. D'un autre côté, elle savait qu'il tenait beaucoup à ce mariage. Non qu'il lui ait dit quoi que ce soit à ce sujet, mais, chaque jour, elle passait en revue les principaux journaux et magazines, et pas une seule fois elle n'avait vu une photo de Leonidas en compagnie féminine. C'était si inhabituel qu'on ne pouvait y voir l'effet du hasard.

Ainsi, pour la première fois de son existence de séducteur notoire, Leonidas faisait profil bas. Les tabloïds commentaient d'ailleurs ce comportement insolite en se demandant combien de temps il durerait. Maribel aurait pu leur fournir la réponse : dès le lendemain des noces, Leonidas n'aurait plus aucune raison de réprimer sa libido exigeante et sa soif de séduction.

Elle était persuadée qu'il était prêt à bien des concessions pour que tout se déroule sans le moindre heurt jusqu'à ce qu'ils soient dûment mariés et avant de qu'il dispose des droits parentaux sur le fils qu'il adorait. Cela expliquait probablement qu'il ait pris la peine de téléphoner à Maribel une fois par jour et lui ait fait envoyer des cadeaux si somptueux qu'elle en avait eu le souffle coupé. Au téléphone, il parlait d'Elias exclusivement et ne se laissait pas faire quand elle tentait de faire dévier la conversation. Si elle insistait, il mettait un terme à la communication en prétextant un surcroît de travail, si bien que Maribel avait fini par se résigner. Car, même en colère contre lui, elle aimait entendre le son de sa voix.

Pour ce qui était des cadeaux, il était la générosité même. Si elle l'avait épousé par cupidité, elle n'aurait eu qu'à se féliciter. Elle avait reçu plusieurs sacs à main de grands couturiers, des lunettes de soleil siglées, une montre, un téléphone portable incrusté de diamants, une collection de bagages magnifiques, des pendants en saphir, un superbe collier de perles et les boucles d'oreilles assorties, deux tableaux, une sculpture, un collier fantaisie pour Mickey, une Mercedes — avec la promesse de l'arrivée imminente d'une version personnalisée —, les derniers best-sellers parus en librairie et, bien sûr, des toilettes, plus sexy et plus somptueuses les unes que les autres…

Leonidas ne regardait certes pas à la dépense. Mais Maribel voyait là un substitut à ce qu'il était bien incapable de lui donner. Oui, il était généreux, mais également habitué à acheter la loyauté d'autrui, à payer grassement pour amadouer ses adversaires et faire plaisir à ceux qui pouvaient lui être utiles. Donner de l'argent lui demandait moins d'efforts que de déployer d'autres moyens de persuasion.

Après tout, il savait que Maribel était en colère contre lui et il n'avait même pas fait mine de vouloir s'expliquer avec elle. Le soir où il avait accepté de rejoindre Liane Daunay dans son appartement, Maribel, torturée par la jalousie, n'avait pas fermé l'œil de la nuit. Le lendemain, elle s'était tourmentée davantage en allant voir sur Internet des photos de la ravissante top model. Une peur terrible l'avait saisie quand elle avait compris que si elle épousait Leonidas, ces nuits et ces journées de solitude et de souffrance se répéteraient à l'infini puisqu'il avait exclu de renoncer à sa liberté.

Seuls changeraient les visages de ses sublimes rivales auprès desquelles une femme dite « normale » n'avait aucune chance.

— Docteur Greenaway ? Vous avez de la visite, annonça un domestique qui venait d'apparaître dans l'allée. La princesse Hussein al-Zafar vous attend dans le salon.

L'espace d'un instant, ce titre ronflant sema la confusion dans l'esprit de Maribel. Puis elle eut un large sourire. Bien sûr ! Tilda Crawford et son époux, le prince Rashad du royaume de Bakhar, étaient les seuls amis communs de Leonidas et de Maribel. Cette dernière avait été enchantée de recevoir une réponse positive à son invitation. Mais, bien que Rashad soit resté l'un des plus proches camarades de Leonidas après leur passage à l'université d'Oxford, Maribel avait bien conscience que Tilda et Leonidas étaient comme chien et chat.

Maribel et Tilda s'étaient rencontrées lors d'une soirée chez Imogène, des années plus tôt. A l'arrivée de Leonidas, Tilda s'était aussitôt retranchée dans la cuisine où Maribel était en train de disposer des petits-fours sur des plateaux.

— Désolée, mais je déteste ce Pallis, lui avait-elle confié. Autrefois, quand je travaillais dans un bar de nuit, il n'a pas supporté que je sorte avec un de ses amis. Il m'a toujours traitée comme une vulgaire entraîneuse.

Leonidas avait beau être aussi riche que séduisant, Tilda ne l'aimait pas et ne se privait pas de le dire. Cette franchise avait tout de suite plu à Maribel et toutes deux étaient devenues amies. Toutefois, depuis que Tilda avait épousé son prince du désert et était partie vivre à Bakhar au sein de la famille royale, les deux jeunes femmes n'avaient plus eu de contacts.

Maribel se culpabilisait car elle était en grande partie responsable de cet état de fait : en effet, elle s'était sentie plutôt gênée à la perspective d'annoncer à son amie que le père de son fils n'était autre que Leonidas Pallis.

— Tilda !

Maribel accueillit avec un sourire chaleureux la ravissante blonde qui attendait son arrivée. Après avoir quitté la roseraie, elle avait confié Elias aux bons soins de la nurse, tandis que Mickey filait se tapir sous la banquette du vestibule.

— Maribel, je suis si heureuse de te revoir !

Maribel saisit les mains tendues de son amie, l'embrassa spontanément, puis pouffa.

— Oh Seigneur, j'aurais sans doute dû te faire la révérence ! J'oublie que tu appartiens au monde des têtes couronnées, à présent.

— Ne sois pas stupide, ces salamalecs sont réservés aux événements officiels, la gronda gentiment Tilda, avant de demander d'un air incertain :

— Euh, dis-moi… Leonidas est-il ici ?

— Non, ne t'inquiète pas, il est toujours en voyage à l'étranger, la rassura Maribel.

— Est-ce donc si évident que je cherche à l'éviter ? demanda Tilda, penaude. Je suis désolée, Maribel, je dois te paraître terriblement impolie…

— Je sais bien que vous ne vous êtes jamais entendus. Mais cela n'a rien à voir avec nous deux, n'est-ce pas ? Dis-moi plutôt combien de temps tu vas rester ? Nous avons tant de temps à rattraper !

Un domestique apporta le thé et un plateau de petits gâteaux tout juste sortis du four. Les deux jeunes femmes s'installèrent sur le canapé du salon.

— J'ai été vraiment déçue de ne pouvoir assister à ton mariage à Bakhar, reprit Maribel. Mais, à cette époque, je ne pouvais pas quitter Imogène d'une semelle. Elle n'était pas bien du tout.

— Je l'ai très bien compris, tu sais. Je trouve que tu as été d'une patience extraordinaire avec ta cousine.

— Je l'adorais.

Depuis que Leonidas lui avait déclaré qu'il trouvait une ressemblance entre Imogène et elle, Maribel se sentait encore moins sûre d'elle. Elle était convaincue qu'il ne voyait en elle qu'une pâle copie de sa cousine et était hantée par le sentiment malsain qu'il ne faisait que tolérer sa présence à ses côtés, et qu'au fond elle n'avait pas le droit d'exiger plus.

— J'ai aperçu ton fils par la fenêtre quand vous êtes rentrés du jardin à l'instant, dit Tilda. C'est le portrait craché de son père.

— Je suppose que tu as été très surprise d'apprendre que j'avais eu un enfant avec Leonidas ?

— Eh bien… puis-je être tout à fait franche avec toi ?

— Bien sûr, vas-y !

— J'ai surtout été très inquiète. Et tu risques de m'en vouloir, mais tant pis, je me suis sentie obligée de venir te parler avant le mariage.

— Tu sais, je ne me vexe pas facilement et je peux entendre bien des choses, surtout de la part de ceux en qui j'ai confiance.

— Voilà, peut-être ai-je tort, mais j'ai pensé que tu ne te mariais pas par choix personnel, mais uniquement pour ne pas perdre la garde de ton fils. Je sais que Leonidas a le bras long. Il est si riche ! Et je suis venue te dire que, si c'est le cas, tu n'es pas obligée de sacrifier ta liberté. J'ai de l'argent, moi aussi. Si tu en as besoin pour te payer les meilleurs avocats, aller au tribunal et l'affronter sur un pied d'égalité, ce n'est pas un problème.

— Est-ce que… Rashad est au courant de ta démarche ?

Tilda se rembrunit.

— Je suis la femme de Rashad, et Rahad et Leonidas sont amis, mais cette amitié n'a rien à voir avec notre couple. Pour être honnête, je dois avouer que Rashad ne serait pas d'accord avec mon intervention, d'autant qu'un enfant est impliqué dans cette histoire. Mais il s'agit de mon argent et j'ai mes propres convictions.

Maribel fut très touchée par la proposition d'aide financière de Tilda.

— Tu es vraiment une amie précieuse, mais je vais épouser Leonidas. Je pourrais te donner tout un tas de bonnes raisons pour cela. Il est vrai que je subis une pression intense, que j'ai de nombreux doutes et que j'ai très peur de ne pas être à la hauteur. Mais, en même temps, Leonidas est merveilleux avec notre fils et, même si je refusais de l'admettre au début, Elias a besoin d'un père.

— Le mariage ne consiste pas uniquement à élever des enfants, lui rappela Tilda d'un air entendu.

Un sourire effleura les lèvres de Maribel. Pour la première fois depuis des semaines, elle se sentait étonnamment en paix avec elle-même, car en dépit de ses émotions confuses une vérité immuable persistait.

— J'ai toujours été amoureuse de Leonidas, Tilda. Je l'aimais déjà quand il n'était qu'un jeune blanc-bec pétri d'arrogance et d'égoïsme. Je ne peux même pas t'expliquer pourquoi, mais cela dure depuis le premier jour où j'ai posé les yeux sur lui !

Leonidas revint à Heyward Park tard dans la soirée, la veille du mariage. Il arrivait de Grèce et avait voyagé à bord de son jet privé en compagnie de plusieurs membres de sa famille.

Maribel, vêtue d'un tailleur classique qu'elle portait avec ses perles, alla accueillir les nouveaux arrivants dans le hall. Leonidas entra le dernier, juste au moment où sa future femme bavardait sans trop de difficultés avec ses trois grands-tantes qui ne parlaient pas un mot d'anglais. Maribel s'exprimait dans un grec assez sommaire qui suffisait heureusement pour l'occasion.

Un léger souper fut proposé aux invités, et quelques plateaux-repas avaient été prévus pour les aînés fatigués par le voyage qui préféreraient se retirer tôt dans leur chambre afin de mieux profiter de la journée de liesse du lendemain.

Leonidas fut impressionné par l'aisance avec laquelle Maribel recevait les invités et dirigeait les domestiques. Il remarqua également qu'elle avait maigri. Lorsqu'elle se tourna enfin vers lui, elle cilla et ses traits délicats se crispèrent.

— Pardonne-moi d'amener tant de gens à cette heure de

la soirée, *glikia mou*. Mais je te félicite, tu es une parfaite maîtresse de maison. Ton sens de l'organisation n'a d'égal que ton charme et ta grâce.

— Merci, répondit-elle, laconique.

Elle rougit et se troubla sous son regard de jais. Elle était capable de mettre à l'aise une soixantaine d'invités, mais un seul coup d'œil à son futur mari suffisait à la transformer en écolière intimidée. C'était très mortifiant. Avec ses cheveux noirs coupés un peu plus court que d'ordinaire et son teint hâlé par le soleil méditerranéen, Leonidas était plus beau que jamais. Son costume Paul Smith lui allait à la perfection. Comme toujours, il émanait de sa personne une aura d'énergie virile et de sensualité.

Elle se raidit alors qu'il lui glissait un bras autour de la taille.

— Depuis quand parles-tu grec ? lui demanda-t-il à mi-voix.

— J'ai commencé à l'apprendre après la naissance d'Elias, mais je n'ai pas eu assez de temps pour approfondir ma maîtrise de la langue autant que je l'aurais voulu. Maintenant, si tu veux bien m'excuser, tes tantes m'attendent. Je leur ai promis de leur montrer des photos d'Elias.

— N'ai-je pas la priorité ? dit-il en feignant de s'offusquer.

Surpris d'être traité de manière si désinvolte après son absence, il referma la main sur la sienne pour la retenir dans le cercle de son bras.

— Si… bien sûr, répondit-elle du bout des lèvres.

Il se heurtait à sa réserve comme à un mur. Il avait cru que les choses s'arrangeraient avec le temps, mais c'était une erreur. Frustré, il songea à toutes les femmes qui s'étaient succédé dans sa vie et qui se seraient battues pour un de ses sourires. Mais Maribel… Maribel était unique, et la résistance qu'elle lui opposait commençait à le rendre fou.

— Comme nous nous marions demain, je voulais te préciser que Liane Daunay vient d'ouvrir une galerie d'art au rez-de-chaussée de l'immeuble où se situe son appartement. L'autre soir, elle m'a tout simplement invité à la fête d'inauguration en compagnie d'un tas d'autres gens. Si tu éprouves le besoin de vérifier ces faits, cela ne devrait pas être très compliqué.

Maribel se sentit à la fois soulagée et honteuse. Puis la colère prit le dessus. Si l'explication était si simple, pourquoi ne pas la lui avoir donnée le soir même ?

— Je te dois des excuses pour t'avoir renversé ce pichet d'eau sur…

— Certes !

— Je suis désolée, mais pourquoi avoir entretenu l'ambiguïté ?

Il redressa la tête et une lueur de défi brilla dans son regard noir.

— Je n'avais pas à me justifier parce que tu as écouté une conversation privée et que tu t'es méprise sur mes intentions. Ce n'était quand même pas ma faute !

Maribel s'étonnait toujours de la facilité avec laquelle Leonidas pouvait la faire sortir de ses gonds. Il avait d'innombrables défauts, il était agressif, autoritaire, et entendait toujours gagner sur tous les fronts ! Mais déjà, elle sentait le regard curieux de certains invités s'attarder sur eux. Ce n'était ni le lieu ni le moment de lui faire une scène. Mieux valait s'éclipser sans donner suite à leur discussion.

— Excuse-moi, marmonna-t-elle en se dégageant.

Cette retraite sans tambour ni trompette sidéra Leonidas. Pour la première fois de sa vie, il venait de tenter une réconciliation auprès d'une femme. Et quelle était sa récompense ? Où étaient les plates excuses et les regards penauds qu'il était en droit d'attendre ?

Quelque chose toucha le bout de son pied. Il baissa les yeux et vit Mickey qui s'extirpait de dessous la banquette. Terrorisé par le nombre de personnes qui venaient d'envahir le hall et le salon, le chien avait cependant réussi à vaincre sa peur pour venir saluer Leonidas. Celui-ci se pencha et ébouriffa de la main la grosse tête poilue pour le récompenser de cette marque de loyauté.

S'étant assurée que les invités ne manquaient de rien, Maribel rejoignit sa chambre et se mit au lit. Là, elle repensa à ce que Leonidas lui avait dit. Tout ce mal qu'elle s'était infligé à propos de Liane Daunay ne rimait à rien ! C'était une tempête dans un verre d'eau que Leonidas aurait pu désamorcer en un clin d'œil, mais non, il avait choisi de se taire afin de marquer son indépendance et de bien lui faire comprendre que leur mariage ne changerait strictement rien à sa manière de vivre.

Les yeux grands ouverts dans le noir, elle sentit ses paupières la brûler. Pourquoi était-elle aussi émotive ? se gourmanda-t-elle. Dans son propre intérêt et dans celui d'Elias, elle devait faire face. Demain, le mariage aurait lieu. La famille de son fiancé s'était donné un mal fou pour que la fête soit réussie jusque dans le moindre détail. Le moins qu'elle puisse faire pour l'en remercier était d'avoir l'air un tant soit peu heureuse.

Peu avant 6 heures du matin, Leonidas fut réveillé par un coup de téléphone de Vasos, son chef de la sécurité. Trois minutes plus tard, assis devant son ordinateur, il découvrait la une d'un magazine people. La manchette s'étalait en rouge agressif sur fond noir :

La croisiere s'amuse : deux jours avant son mariage, Pallis s'encanaille avec des danseuses nues !

Les clichés publiés lui arrachèrent un soupir de consternation en dépit de leur mauvaise qualité. On le voyait sur le pont d'un yacht, en train de sabler le champagne avec son ami Sergio Torrente ; au premier plan s'affichait la poitrine opulente d'une ravissante jeune femme uniquement vêtue d'un string minuscule.

— D'où sortent ces photos ? demanda-t-il à Vasos qui l'avait rejoint.

— Elles ont été prises d'un téléphone portable, sans doute par l'une des danseuses que M. Torrente a engagées.

— Eh bien... merci Sergio ! marmonna Leonidas.

Quarante-huit heures plus tôt, son ami italien avait réuni sur son yacht un groupe d'amis masculins qu'ils avaient en commun. Le soir, il avait donné une grande fête-surprise en l'honneur de Leonidas. Sergio, qui détestait les mariages, était à présent retourné dans sa chère jungle de Bornéo pour l'un de ces raids aventuriers qu'il affectionnait, bien loin de la fureur qui, à n'en pas douter, se déchaînerait bientôt sur le futur marié.

— J'ai pris la liberté de jeter tous les journaux arrivés ce matin, l'informa Vasos.

Leonidas renvoya son chef de la sécurité, puis referma son ordinateur portable posé sur la commode. Vasos essayait seulement de protéger Maribel, car de la part de Leonidas, plus rien ne choquait les membres de la famille Pallis, habitués depuis longtemps à ses frasques.

Dans cinq heures, il se marierait. A moins que...

Comme ses ancêtres Pallis, banquiers et commerçants de père en fils depuis le Moyen Age, Leonidas était rusé et ne laissait jamais rien au hasard. Comploter, élaborer des stratégies, tout cela faisait le piment de son existence. Et en l'occurrence, il était bien obligé d'envisager le pire. Maribel serait-elle toujours d'accord pour l'épouser si elle lisait un de ces torchons et tombait sur les fameuses photos ? Quel degré de confiance avait-elle en lui ?

Il réfléchit un moment et aboutit à la conclusion que ce niveau avoisinait le zéro.

Pourquoi se serait-elle fiée à lui ? A peine fiancé, il l'avait laissée se débrouiller seule dans un univers qui n'était pas le sien et dont elle connaissait mal les règles. Bien sûr, elle était secondée par un personnel qualifié, mais cela ne remplaçait pas le soutien d'un compagnon. De fait, elle avait perdu du poids, sans doute à cause du stress. Si elle l'avait appelé à l'aide, il aurait volé à son secours, magnanime dans la victoire. Mais Maribel était aussi têtue qu'une mule, aussi têtue que lui !

Et puis, au lieu d'apaiser ses craintes à propos de Liane Daunay, il avait laissé planer le doute dans son esprit, délibérément, pour la punir d'être aussi distante et indépendante.

Non, elle n'avait aucune raison de lui faire confiance. Alors comment réagirait-elle face à ces photos accablantes ? Valait-il mieux la mettre au courant et avoir une franche explication avec elle ? Car après tout, il n'avait rien à se reprocher. Ou devait-il se taire et faire le dos rond ?

En surface, Maribel paraissait aussi tranquille que les eaux dormantes d'un lac, mais cette façade cachait un tempérament volcanique, il ne l'oubliait pas.

Comme le petit matin se levait sur les jardins parfaitement entretenus et que les rayons du soleil d'été commençaient à caresser les pétales des fleurs dans la roseraie, Leonidas prit une décision. Non, il ne parlerait pas à Maribel de sa petite escapade maritime. Du moins, pas avant que leur mariage ne soit scellé. Il refusait qu'un seul nuage vienne obscurcir la beauté et la solennité de l'événement. Et surtout, il ne voulait pas donner à Maribel une raison de penser qu'elle commettait une énorme erreur en l'épousant.

9.

— Regarde ce diadème ! Il sera sublime avec ta robe de mariée ! s'exclama Ginny, émerveillée.

— Il serait sublime avec n'importe quoi, objecta Maribel, saisie par la beauté des saphirs et des diamants qui scintillaient sur la parure. Mais… tu ne crois pas que c'est un peu trop ?

— Maribel, on n'en fait jamais trop quand on est une Pallis. Tes huit cents invités s'attendent à te voir parée comme une déesse et eux-mêmes vont porter leeurs plus beaux bijoux, crois-moi !

Un peu plus tard, enfin libérée des attentions du coiffeur, de l'esthéticienne, de la manucure et de la maquilleuse, Maribel eut un coup au cœur en examinant son reflet dans le miroir. Elle était métamorphosée et ne put s'empêcher d'être émerveillée par son apparence. Depuis toujours elle s'habillait de manière pratique, sans trop suivre la mode. Mais elle était tombée amoureuse de son incroyable robe de mariée qui imitait le style en vogue au XVIIIe siècle. Le corsage baleiné soulignait sa taille et la jupe s'évasait dans un bouillon de taffetas et de soie ivoire rebrodé d'or. Sur cette toilette ultraglamour complétée d'un somptueux voile en dentelle, le diadème faisait beaucoup d'effet, posé sur sa chevelure coiffée en chignon.

La petite église en vieilles pierres usées par des siècles d'intempéries était bâtie dans l'enceinte même de Heyward

Park. Ce détail garantissait la tranquillité des futurs mariés et de leurs invités durant la cérémonie qui serait célébrée à l'abri des regards indiscrets des paparazzi.

— J'admire ton calme ! avoua sa cousine Amanda. Tu n'as pas peur de l'avenir ? Epouser Leonidas Pallis… cela s'apparente un peu à un sacerdoce, non ?

— Pourquoi dis-tu cela ? s'étonna Maribel.

Ginny, qui était occupée à associer par couples les petits garçons et petites filles d'honneur, se pencha vers Amanda pour lui glisser quelques mots à l'oreille. Cette dernière rougit et s'excusa dans un bredouillis inaudible avant de s'éclipser.

— Que voulait-elle dire ? demanda Maribel.

— Ne l'écoute pas. Elle est simplement verte de jalousie de te voir porter des diamants et une belle robe. Et aussi de savoir que Leonidas s'engage sans avoir signé de contrat prénuptial, si la rumeur dit vrai !

Maribel décida que son amie avait raison. Il ne fallait pas prêter l'oreille aux insinuations malveillantes. Son mariage serait ce qu'elle en ferait.

Comme les portes s'ouvraient et que les notes de musique s'élevaient tout à coup, elle inspira profondément l'air imprégné du parfum des roses et se tourna vers son destin.

Leonidas avait des nerfs d'acier, mais la journée avait été rude et les choses empiraient de minute en minute. Durant toute la matinée il avait été en proie à un doute terrible. Très conscient que les images de sa croisière étaient sûrement déjà diffusées à la une des journaux ainsi que sur l'Internet, il avait failli à plusieurs reprises aller trouver Maribel pour la mettre lui-même au courant. Chaque fois, il s'était ravisé.

— La future mariée arrive, lui annonça le prince Rashad qui était son témoin.

La gorge serrée, Leonidas se tourna vers l'entrée de l'église. Ses yeux s'écarquillèrent quand il découvrit Maribel, toute de blanc et d'or vêtue, qui s'avançait la tête haute dans sa robe bruissante. Sa silhouette étincelante semblait attirer sur elle toute la lumière qui filtrait par les vitraux multicolores.

— Maman, maman !

Assis sur les genoux de Ginny, le petit Elias frappait dans ses mains potelées, s'attirant les sourires attendris de l'assemblée. Toute l'attention de Maribel se concentra sur son futur mari, beau à couper le souffle dans son frac noir et sa chemise à col relevé, agrémentée d'une cravate ivoire à la mode des dandys du XVIIIe siècle.

Elle croisa son regard noir et ce fut comme si le reste du monde s'abolissait.

Il saisit sa main et se pencha pour déposer sur son fin poignet un baiser qui la fit trembler.

En dépit de l'émotion qui vibrait en elle, elle réussit à garder ses esprits et à répondre d'une voix haute et claire au pasteur qui l'interrogeait. Puis l'on procéda à l'échange des alliances et ils furent déclarés mari et femme.

— Tu es magnifique, *hara mou*, lui chuchota Leonidas qui avait gardé sa main dans la sienne.

Il se sentait soulagé d'un grand poids maintenant que leurs destins étaient légalement unis. Jusqu'au dernier moment, il avait craint un éclat, un retournement de situation. A présent, il se sentait moins alarmé. Maribel n'était ni impulsive ni versatile ; elle était une femme de parole et d'honneur qui respecterait les vœux qu'elle venait de prononcer.

Dans la calèche tirée par quatre chevaux fringants qui les ramenait vers la maison, Maribel s'étonna du mutisme de son mari. Il paraissait songeur. Regrettait-il déjà de l'avoir épousée ? A peine cette pensée lui eut-elle traversé l'esprit qu'elle se reprocha sa vulnérabilité. De toute façon, une cérémonie, aussi solennelle soit-elle, n'allait pas le transformer d'un coup de baguette magique en amoureux transi…

La calèche s'immobilisa devant la façade. Leonidas descendit le premier et se tourna pour aider Maribel. A sa grande surprise, il la garda contre lui et, encerclant sa taille d'un bras autoritaire, posa sur sa bouche un long baiser sensuel. Grisée, elle se laissa faire et dut prendre appui sur son épaule quand il daigna la libérer.

C'est alors qu'elle remarqua près du perron l'équipe de techniciens qui avait eu pour mission de filmer la cérémonie du mariage. La caméraman n'avait bien sûr pas perdu une image de ce baiser étourdissant… un baiser de cinéma.

La déception noya le cœur de la jeune femme.

— Tu disais que tu voulais sauver les apparences… je vois que tu ne laisses rien au hasard ! commenta-t-elle d'un ton acide.

— Ce n'est pas pour cela que je t'ai embrassée, *hara mou.*

— Je n'en crois rien !

— Tu exiges des preuves ? Très bien, dans ce cas, laissons nos invités s'amuser et montons directement dans notre chambre nuptiale. Tu verras que je brûle de désir pour toi.

Elle s'empourpra violemment, consciente de la proximité des techniciens, et bredouilla :

— Je pense… que ce ne sera pas nécessaire.

— Dommage. C'est pourtant ce que je souhaite le plus au monde en cet instant.

Les invités les rejoignaient déjà pour les féliciter et leur présenter tous leurs vœux de bonheur. Avant de reprendre son rôle d'hôtesse, Maribel s'en alla trouver son fils qui avait besoin d'un câlin avant de faire la sieste.

Elle quittait l'étage par l'escalier de service dans l'intention de gagner la salle de réception quand un rire étouffé attira son attention. Il lui sembla entendre prononcer son nom et elle s'arrêta au milieu des marches.

— Evidemment, Maribel ne serait pas là aujourd'hui si Imogène n'était pas morte. Leonidas était fou d'elle. C'est normal, elle était si belle ! Jamais elle ne lui aurait fait un enfant dans le dos pour se faire épouser, persiflait Amanda qui était en train de se recoiffer devant un miroir à cadre doré.

— Tu crois vraiment que Maribel a fait exprès de tomber enceinte pour le piéger ?

— Bien sûr ! Réfléchis, c'est arrivé juste après l'enterrement. Leonidas devait s'être soûlé et elle en a profité.

Maribel, qui retenait son souffle, commença à battre en retraite dans l'escalier. Mais la voix grinçante de sa cousine lui parvenait toujours.

— Imogène savait bien que Maribel avait le béguin pour Leonidas. D'ailleurs elle le lui a dit et ils ont bien ri ! Je suppose qu'elle rirait moins aujourd'hui. Tu as vu ce diadème ? Et ces diamants ? C'est vulgaire, des pierres de cette taille. Et cette idée de calèche, c'était vraiment ringard !

Maribel prit la fuite, l'estomac soulevé jusqu'à la nausée. Elle s'était doutée que leur mariage susciterait jalousies et rancœurs, mais sous-entendre qu'elle était délibérément tombée enceinte… c'était injuste et révoltant !

Bien sûr, elle devait s'aguerrir, apprendre à ne pas laisser ces commentaires corrosifs lui ronger le cœur. Mais, pour l'heure, elle n'était pas encore assez forte. Et, à présent, une peur nouvelle l'étreignait. Etait-il possible qu'Imogène ait deviné ses sentiments pour Leonidas et se soit moquée d'elle dans son dos ? Il est vrai que sa cousine avait un sens de l'humour assez caustique qui plaisait beaucoup à ses amis. Elle pouvait parfois se montrer cruelle pour amuser la galerie.

A présent, Maribel frémissait à l'idée que Leonidas connaissait peut-être depuis longtemps ce qu'elle croyait être son plus grand secret.

Dès que Maribel réapparut, Leonidas comprit que quelque chose n'allait pas. Tout à l'heure, elle resplendissait, et maintenant on aurait dit qu'un voile s'était abattu sur son visage marqué par la fatigue. Le banquet commença, et il vit qu'elle chipotait dans son assiette. Il n'aurait pas dû la perdre des yeux une seconde. Etait-elle tombée sur un journal ? Bien sûr, elle était trop polie pour lui faire une scène en pleine fête de famille, mais tout à l'heure… Il était prévu qu'ils partent en voyage de noces dans son palais de Toscane, mais leur lune de miel risquait de se transformer en véritable enfer si Maribel refusait de lui pardonner.

Peut-être même déciderait-elle de le quitter ?

Cette pensée le révulsa tant qu'il changea ses projets sur-le-champ. Non, ils n'iraient pas en Italie, mais à Zélos, l'île où il était né. Là-bas, il n'y avait qu'un petit aérodrome privé. Cernée par la mer, Maribel serait moins susceptible de sauter dans le premier avion pour le fuir. Il aurait le temps de discuter avec elle, de plaider sa cause…

Ce n'est qu'après avoir discrètement appelé Vasos pour lui faire part de ses nouvelles instructions qu'il lui vint à l'esprit qu'il s'apprêtait à faire de sa jeune épouse une prisonnière. Mais c'était pour l'empêcher de prendre des décisions trop hâtives au détriment de leur fils et de leur vie de famille. Même à l'âge de pierre, l'homme des cavernes savait qu'il était de son devoir de protéger les siens, songea-t-il pour achever de soulager sa conscience.

Plus tard, Tilda, qui avait accompagné Maribel à l'étage lorsqu'elle était montée se changer, lui confia :

— Tu sais, je te dois des excuses. Comme nous tous, Leonidas a mûri et changé avec les années.

— Tiens, comment t'en es-tu rendu compte ?

— Tout d'abord, il s'est montré charmant avec moi tout au long de la journée. Et puis, quand je vous vois tous les trois, toi, Elias et lui, je constate qu'il ne ressemble en rien à l'homme que j'ai connu jadis. J'avoue que j'ai été stupéfaite quand j'ai appris que vous formiez un couple, contrairement à Rashad. Il dit que tu as toujours été la seule femme avec qui Leonidas pouvait avoir une conversation intelligente.

Maribel hocha la tête sans répondre. Une conversation

intelligente n'était sans doute pas ce qu'on pouvait offrir de plus excitant à un amateur de jolies filles.

— Quelque chose te tracasse ? s'enquit Tilda avec gentillesse. Serait-ce cette histoire de croisière, par hasard ?

Maribel masqua sa surprise en se tournant vers le tailleur de lin beige qu'elle s'apprêtait à enfiler et qui convenait parfaitement pour voyager.

— Pas vraiment, répondit-elle sans s'engager plus loin.

— Tu as bien raison, il ne faut pas se laisser ébranler par ce genre de choses. Après tout, nos maris seront toujours la cible des paparazzi. Rashad lui-même aurait dû se trouver sur ce yacht avec Sergio et Leonidas s'il n'avait pas dû remplacer mon beau-père au conseil des ministres.

Une croisière ? Quelle croisière ? Mais cela ne la concernait pas, se réprimanda Maribel. Après s'être méprise au sujet de Liane Daunay, elle n'avait pas envie de recommencer et de devenir une épouse acariâtre, toujours prompte à suspecter le pire. Et elle voulait avant tout préserver sa fierté, surtout depuis qu'elle soupçonnait Leonidas de savoir qu'elle l'aimait déjà de longues années auparavant…

L'hélicoptère venait de les déposer sur Zélos, une île minuscule posée sur les flots bleus de la Méditerranée. Du ciel, Maribel avait admiré ses longues plages de sable doré et ses étendues de végétation verdoyante. Un vrai petit paradis ! Une grande résidence occupait une place stratégique sur une hauteur, au bout d'un isthme, face à un pittoresque petit village de pêcheurs. Dans les eaux du port flottait un immense yacht.

Le soir était tombé quand Elias fut accueilli comme un dieu vivant dans l'imposante demeure. Puis Diane, accompagnée de la jeune nurse grecque chargée de la seconder, le mit au lit. La gouvernante, trois femmes de chambre et l'agent de sécurité détaché à la personne exclusive d'Elias les suivirent.

— Il ne risque pas de souffrir de la solitude ! murmura

Maribel, confondue à la vision de la petite troupe qui s'éloignait.

— Que veux-tu, nous autres Grecs, nous avons l'instinct grégaire, répondit Leonidas. Moi, j'ai été un enfant solitaire, livré à lui-même, mais mon fils sera surveillé et chéri par chaque habitant de l'île. Bienvenue dans ta nouvelle maison, *hara mou*, ajouta-t-il. Viens, je vais te faire faire le tour du propriétaire.

Ils visitèrent les lieux. La demeure était aussi vaste que Heyward Park, car plusieurs générations y avaient ajouté des ailes successives en fonction de leurs goûts divers. Dans une pièce magnifique qui donnait sur une terrasse ombragée par une tonnelle, Leonidas attira Maribel dans ses bras.

— J'espère que tu te sentiras bien ici, lui dit-il.

Elle hésita, puis demanda :

— Leonidas… est-ce vrai qu'Imogène t'a dit il y a des années que j'étais amoureuse de toi ?

Leonidas s'attendait à tout sauf à cette question. Amusé, il sourit.

— Alors c'est vrai ! s'exclama-t-elle, atterrée.

— Tu ne m'as même pas laissé le temps de répondre !

— Ce n'est pas la peine. Je peux lire en toi comme dans un livre.

— Bon, il a dû arriver une ou deux fois qu'elle fasse allusion à un certain attachement de ta part, concéda-t-il, l'air dégagé.

— Dans ce cas, je veux te dire que tu n'as pas à t'inquiéter de cela aujourd'hui.

— M'inquiéter ? Je ne m'inquiétais pas…

— Ce n'est même pas la peine d'y penser. Parce que… ce n'est plus vrai, comprends-tu ? C'était juste… une tocade qui a pris fin après cette nuit que nous avons passée ensemble.

— Vraiment ? Et pourquoi ? s'enquit-il, les traits durcis.

— Te rappelles-tu, tu m'as demandé de te préparer le petit déjeuner ? Il n'y avait rien à manger dans la maison, aussi je suis sortie acheter des provisions…

— Où ça ? En Afrique ? ironisa-t-il.

— Non, juste au supermarché du coin. Mais, sur la route, une voiture a embouti la mienne et j'ai fini à l'hôpital avec un traumatisme crânien.

Leonidas eut un sursaut interloqué.

— Tu… tu veux dire que tu as eu un accident de voiture ce matin-là ? Mais pourquoi diable ne m'as-tu pas téléphoné ?

— J'ai sombré dans le coma pendant deux jours. Quand j'ai repris conscience, j'ai découvert que tu avais quitté la maison d'Imogène. J'en ai tiré les leçons et cela m'a totalement guérie des sentiments que je pouvais éprouver pour toi. J'aurais pu mourir, tu n'en avais cure de toute façon. Tu n'as même pas pris la peine de chercher à me joindre.

Leonidas était toujours sous le choc.

— Tu étais à l'hôpital… blessée… dans le coma ? bredouilla-t-il.

Dans un élan spontané, il la serra contre lui.

— *Theos mou*, je suis désolé ! Si j'avais su, si je m'étais douté qu'il t'était arrivé quelque chose, je serais venu te retrouver, j'aurais été près de toi dans cette épreuve. J'ai cru que tu m'avais planté là, tout simplement.

Ce fut au tour de Maribel de tomber des nues. Pourquoi diable s'était-il imaginé une chose pareille ? Peut-être parce qu'il avait l'habitude des femmes coquettes et de mœurs légères qui s'abandonnaient un soir pour disparaître le lendemain et voguer vers d'autres aventures ? Une telle attitude était si éloignée de la sienne ! Mais justement, elle était sans doute trop naïve. Mieux valait ne pas le révéler à un homme aussi perspicace qui ne manquerait pas d'en profiter…

Plusieurs points d'ombre commençaient à s'éclaircir dans l'esprit de Leonidas. Il comprenait à présent l'hostilité flagrante que Maribel lui avait opposée lors de leurs retrouvailles. Pas une seconde il n'avait pensé qu'elle puisse avoir été victime d'un accident. En cela, il était largement fautif.

— Je t'ai laissée tomber, dit-il avec gravité. Et je le regrette infiniment, *mali mou*.

Sa sincérité évidente la toucha malgré elle. Elle toussota.

— Tu ne pouvais pas savoir. Ce n'est pas grave…

— Si, c'est grave ! J'aurais dû me poser des questions, essayer de me renseigner. Mais je n'étais qu'un idiot bouffi de certitudes et d'orgueil, et…

— C'est vrai, mais on ne te changera plus, à moins de te faire une greffe de cerveau.

Malgré lui, il éclata de rire à cette plaisanterie mi-figue mi-raisin. Puis, sans prévenir, il inclina la tête et captura sa bouche rose dans un baiser avide.

10.

Quand le monde cessa de tourner autour d'elle, Maribel découvrit que Leonidas l'avait entraînée dans une chambre très haute de plafond aux lumières tamisées. Le lit avait la taille d'un petit green de golf.

— Hormis les domestiques, tu es la première femme à franchir le seuil de cette chambre, lui apprit-il.

— Tu ne penses tout de même pas que je vais gober ça !

— C'est pourtant la vérité. J'aime garder l'intimité de ma chambre et il est très rarement arrivé que je passe toute la nuit avec une femme.

— Tu l'as pourtant fait avec moi. Pourquoi ? Etais-je une sorte… d'accident sur ton parcours ?

Il lui saisit le menton et scruta les deux lacs violets qui lui faisaient face. Maribel ne battait pas des cils, ne lui lançait pas de regard de biche. Elle ne minaudait pas, elle n'était que sincérité et franchise.

Un lent sourire étira ses lèvres.

— Disons plutôt une sorte de drogue. Car me voilà aujourd'hui à tes pieds. C'est vraiment que tu dois avoir quelque chose d'unique, *mali mou*.

Oui. Elias ! C'était bien là sa seule singularité, et elle en avait conscience, même si Leonidas cherchait à la flatter en cette journée exceptionnelle qui avait vu un prêtre bénir leur union. Il avait l'expérience des femmes et savait pertinemment comment les amadouer.

Il l'embrassa avec une douceur enivrante qui se transforma vite en fièvre dévorante. La tension accumulée tout au long de la journée se libéra enfin et Maribel, son corps souple arqué contre le sien, lui rendit son baiser avec une fébrilité qu'elle ne pouvait contenir.

Impatient, il la débarrassa de sa jupe et de son chemisier, s'immobilisa un instant pour contempler les délicats sous-vêtements turquoise qui paraient ses courbes. Quand sa main s'arrondit autour d'un sein frémissant, Maribel ne put s'empêcher de pousser un gémissement étouffé.

— J'adore cette couleur, souffla-t-il. J'adore tes seins. Et j'adore les petits bruits que tu fais, cela m'excite terriblement.

Incapable de lui résister, ni d'échapper à ce désir torturant qui anéantissait toute retenue, toute inhibition, Maribel s'abandonna. Il insufflait en elle une énergie incroyable, promesse de vie et de plaisirs insoutenables.

A travers le satin de sa culotte, ses doigts la frôlèrent, la torturèrent. Elle frissonna violemment sous ses caresses diaboliques et dut s'adosser contre le mur tandis qu'il lui écartait les jambes et s'agenouillait devant elle pour mieux retirer cette ultime barrière de soie et de dentelle. Puis sa bouche se posa à l'endroit le plus secret de son corps, dans une intimité aussi choquante que bouleversante qu'elle expérimentait pour la première fois.

— Leonidas… non ! protesta-t-elle faiblement.

— Chut… Ferme les yeux et laisse-toi aller. Je vais te rendre folle de plaisir.

Bientôt, ses doigts qu'elle avait enfoncés dans ses cheveux pour le repousser s'agrippèrent pour le retenir au contraire. Le ravissement qu'elle éprouvait ne fut pas long à vaincre sa pudeur, elle sombra dans un univers délirant où tout était permis, jusqu'au moment où l'orgasme l'emporta dans un cri.

Elle avait à peine récupéré ses esprits que Leonidas la soulevait en glissant ses mains sous ses fesses. Par réflexe, elle lui entoura la taille de ses jambes et il la cala entre lui et le mur.

— Chaque fois que je te vois, c'est là que j'ai envie d'être, *hara mou* ! dit-il en plongeant en elle son sexe durci.

Bientôt, ses coups de boutoir éveillèrent de nouveau sa volupté. Le plaisir monta avec la même intensité, mais cette fois ils atteignirent ensemble ce paradis des sens.

Ensuite, Leonidas l'emporta sur le lit où elle se pelotonna contre lui après qu'il se fut dévêtu complètement. Elle huma son parfum corsé et ferma les yeux avec un petit soupir de bonheur, encore stupéfiée par les réactions primaires qu'elle venait d'avoir.

Une soudaine inquiétude lui fit rouvrir les yeux.

— Tu ne vas pas t'en aller, n'est-ce pas ?

— Où veux-tu que j'aille ?

— Je ne veux pas me réveiller tout à l'heure et découvrir que je suis seule…

— Non, je n'irai nulle part, confirma-t-il en resserrant son étreinte autour d'elle.

Il se souvenait de sa propre surprise, deux ans plus tôt, quand il était sorti de la douche pour trouver la chambre déserte et silencieuse. Il avait fouillé en vain toute la maison et n'avait pas oublié cette affreuse sensation d'abandon et de vide.

A présent, blotti au chaud contre Maribel, il était bien. Et ce n'était certainement pas le moment d'évoquer cette maudite croisière, décida-t-il en refermant ses deux bras sur elle.

Quand Maribel se réveilla pour la troisième fois le lendemain, la télévision posée sur la commode était allumée. Une chaîne grecque diffusait les actualités des milieux de la haute finance. Avec un soupir indolent, la jeune femme retomba sur l'oreiller. Il était 2 heures de l'après-midi. Ils avaient pris leur petit déjeuner vers 7 heures avec Elias, puis joué un moment avec lui sur la terrasse. Deux heures plus tard, Leonidas avait de nouveau entraîné Maribel dans la chambre. A son réveil, elle avait pris une douche, mais il l'avait rejointe sous le jet d'eau et ils avaient fait l'amour encore une fois…

Un sourire aux lèvres, elle tendit paresseusement la main vers la télécommande et se mit à zapper jusqu'à tomber sur une chaîne de divertissement qui diffusait une émission de potins. Elle écoutait distraitement le présentateur qui glosait sur la vie des célébrités quand Leonidas sortit du cabinet de toilette.

Seulement vêtu de son boxer de soie, il était magnifique.

— Je me demande si cela vaut la peine que je m'habille, murmura-t-il en l'enveloppant d'un regard à la fois tendre et brûlant.

Maribel eut un doux rire de gorge. Mais son attention fut soudain attirée par l'écran où elle venait elle-même d'apparaître, vêtue de sa robe de mariée.

— Regarde, Leonidas ! N'est-elle pas splendide ? s'extasia-t-elle.

— Ce n'est pas la robe, *kardoula mou*, c'est toi. Mais pourquoi regardes-tu ces bêtises ?

— C'est plus drôle que les cours de la Bourse…

Elle s'interrompit, dressant l'oreille pour entendre ce que disait le présentateur : « … et sans surprise, Leonidas Pallis a enterré sa vie de garçon en participant à une partie fine organisée sur le yacht de son ami Sergio Torrente, le *Diva Queen*… »

Maribel poussa un petit cri étouffé en apercevant une danseuse qui se déhanchait sur le pont du navire, seins nus ! Son minuscule bikini à paillettes ne cachait pas grand-chose de son anatomie. Plus loin, une autre danseuse, aussi nue que le jour de sa naissance, piquait une tête dans les eaux de la Méditerranée…

Livide, Maribel tourna un regard horrifié vers son mari et bredouilla :

— Tu… tu as participé à une orgie… deux jours avant notre mariage ?

— Ecoute, je voulais t'en parler, mais…

— Tais-toi !

Elle s'était de nouveau tournée vers la télévision qui, après avoir diffusé une courte vidéo de très mauvaise qualité, montrait maintenant des photos floues prises à la sauvette. On distinguait néanmoins plusieurs invités qui embrassaient des danseuses assises sur leurs genoux.

Leonidas tendit la main vers la télécommande.

— Donne-moi ça…

Maribel bondit hors du lit et s'enveloppa fébrilement dans un peignoir de soie.

— Peux-tu m'expliquer ce que tu faisais sur ce yacht ?

Il soupira.

— Pas ce que tu crois. Tu sais bien que ces reportages sont truqués et…

— Une femme nue est une femme nue !

Furieuse, elle le dépassa et entra dans le dressing pour arracher au hasard des vêtements sur les cintres, son cerveau en déroute tentant vainement d'enchaîner deux pensées rationnelles. Leonidas ne se comportait pas comme s'il avait quelque chose à se reprocher. Mais ce n'était pas non plus son genre d'avoir mauvaise conscience. Un mois plus tôt, elle lui avait mis le marché entre les mains : soit il lui restait fidèle, soit leur mariage demeurait platonique. Etait-ce là sa réponse ? Ou ne fallait-il voir dans ces images que les dérives médiatiques d'une certaine presse auxquelles toute femme raisonnable devait se garder de prêter attention, comme l'avait dit Tilda ?

Mais c'était beaucoup plus facile pour cette dernière, puisque son mari n'avait pas participé à cette croisière !

Elle enfila son pantalon en lin blanc et un petit haut framboise à bretelles, tourna vers Leonidas son regard violet encore étincelant de colère, immense dans son visage blême. Entre-temps, lui aussi s'était habillé d'un simple jean et d'une chemise blanche.

Il esquissa un geste dans sa direction.

— Notre mariage ne sera jamais solide si tu n'apprends pas à me faire confiance.

— Je t'aurais peut-être cru si tu m'avais parlé de tout cela *avant* !

— Je n'allais pas aborder le sujet le jour même de notre mariage…

— Ah non ? Et quand, alors ?

— Je me doutais bien que tu ne prendrais pas les choses avec sérénité et… j'avoue que je n'étais pas pressé.

— Très bien. Et que voudrais-tu me faire croire ? Que tes amis t'ont enlevé et fait monter de force à bord de ce yacht ?

— Sergio est un bon ami, il a voulu me faire plaisir, même si les strip-teaseuses, ce n'est pas franchement mon truc. Mais enfin, ce n'est pas parce que je porte une alliance que tu peux maintenant me dire tout ce que je dois ou ne dois pas faire !

— Ainsi, si je décide d'aller danser toute la nuit sur un yacht en compagnie d'une troupe de Chippendales, tu n'y verras pas d'inconvénient ? Et tu te garderas bien de me questionner ensuite, parce que ce sera mon droit le plus strict et que tu respecteras cela ? Bon, parfait. Je suis contente que nous ayons éclairci ce point, conclut-elle d'un ton sec.

— Tu es folle ! Ce serait totalement… inacceptable ! Tu ne peux pas faire cela, voyons.

— Et pourquoi donc ?

— Parce que tu es ma femme !

— Donc, tu peux agir à ta guise et je dois me conformer à tes exigences, c'est bien ainsi que tu envisages notre vie future ?

Il retomba dans un silence rageur, mais son regard la mettait au défi de poursuivre. Maribel se demanda comment ils avaient pu s'éloigner autant de leur sujet de départ. Il était temps de recadrer le débat.

— As-tu couché avec une de ces filles, ce soir-là ?

— Non, bien sûr que non !

Elle baissa les yeux sur le tapis persan, soulagée, et pourtant malade de peur et de tension nerveuse. Sentant ses yeux s'emplir de larmes, elle se détourna et poussa la porte-fenêtre entrebâillée pour passer sur la terrasse.

Leonidas ne s'attendait pas à cette dérobade. D'un geste saccadé qui trahissait sa frustration, il se passa la main dans les cheveux. Que faire ? S'il rejoignait Maribel, il aurait droit à une autre scène, c'était certain. Or il détestait ces crises hystériques auxquelles sa mère l'avait habitué tout jeune. Elora se disputait tout le temps, avec n'importe qui, à n'importe quel sujet. Non, mieux valait donner à Maribel le temps de la réflexion. Elle se calmerait et ils pourraient discuter de manière plus constructive…

Mais pourquoi ne supportait-il pas l'idée de la savoir seule et malheureuse ?

Lorsqu'il émergea à son tour sur la terrasse, ce fut pour découvrir qu'elle avait disparu.

Maribel marchait dans les immenses jardins, cheminant sous les hauts arbres dont les frondaisons épaisses la protégeaient des rayons ardents du soleil. Sa gorge était douloureuse et elle retenait de toutes ses forces les larmes qui lui gonflaient la poitrine. Elle atteignit la plage et s'assit au bord de l'eau. Les images télévisées ne cessaient de tourner et retourner dans sa tête. Il est vrai que, sur le film, Leonidas n'avait pas l'air de beaucoup s'amuser, et qu'il n'avait jamais été surpris près d'une danseuse. Au demeurant, il avait horreur de la promiscuité avec les étrangers, elle le savait bien.

C'était sans doute elle qui avait un problème. Elle manquait terriblement de confiance en elle et était de fait disposée à croire que Leonidas l'avait trahie. Mais finalement, elle n'avait que ce qu'elle méritait pour l'avoir fait chanter et avoir exigé qu'il l'épouse sous peine de lui interdire de revoir son fils. Naturellement, il s'était exécuté, et elle en subissait aujourd'hui les conséquences. Après l'avoir épousé dans de telles circonstances, comment aurait-elle pu ne pas se sentir menacée ?

Pourtant Leonidas avait raison. Si elle se défiait de lui à tout bout de champ, si elle ne cessait de le croire capable du pire, leur mariage ne tiendrait jamais la route.

La vérité, c'est qu'elle était jalouse et voulait se venger sur son mari. C'était là le prix à payer quand on avait épousé un homme qui ne vous aimait pas.

Un bruit de pas sur le sable attira son attention. Une ombre tomba sur elle comme Leonidas s'immobilisait à son côté. Lentement, elle se releva.

— Je suis désolée… J'ai été injuste avec toi. Je n'ai même pas voulu t'écouter.

Leonidas poussa un long soupir et posa ses mains sur les épaules de sa femme.

— Sur mon honneur, je te jure qu'il ne s'est rien passé durant cette croisière. Me crois-tu enfin ?

— Oui.

— Tu sais, ce style de vie débridé a détruit ma famille. Ma mère se droguait et ses infidélités ont brisé ses trois mariages. Ma sœur aînée a suivi ses traces. Moi, je ne veux pas vivre ainsi. Ma mère m'a conçu avec un homme le jour même de son mariage avec un autre, mais quand j'ai su la vérité, mon vrai géniteur était mort et celui que je prenais pour mon père m'a tourné le dos. Aussi, je me suis juré d'obtenir plus de la vie.

— Je sais. Je dois vraiment réussir à te faire confiance, j'en suis consciente, mais…

— C'est entièrement ma faute si tu n'y parviens pas ! coupa-t-il avec passion. J'aurais dû te parler avant le mariage, mais je suis trop fier… La vérité, c'est que tu es la seule femme que je veuille auprès de moi, Maribel.

Maribel s'attendait à tout sauf à cet aveu. Elle eut un mal fou à avaler sa salive et ferma très fort les yeux. Soudain, elle se sentait le cœur léger. Les ombres s'enfuyaient, le poids qui lui comprimait la poitrine s'évanouissait. Leonidas continuait de parler, jurant de tout faire pour réussir leur mariage. Elle se rappela lui avoir affirmé la veille qu'elle n'était plus amoureuse de lui, et secoua la tête. Il était grand temps qu'elle aussi renonce à sa sacro-sainte fierté pour dévoiler le secret de son cœur.

— Avec une femme qui me réveille la nuit pour me séduire,

où trouverais-je l'énergie d'aller lutiner des danseuses ? conclut-il avec une tendre ironie.

Maribel rougit jusqu'à la racine des cheveux.

— Je ne voulais pas te réveiller, je…

— Ah, des excuses, encore des excuses ! Mais, cette nuit, ce sera mon tour, *mali mou*.

Elias dormait sur le ventre, les fesses en l'air. Maribel le remit doucement dans une position plus confortable. Epuisé, le petit garçon ne s'en rendit même pas compte. Le domaine Pallis était un merveilleux terrain d'aventures qu'il explorait du matin au crépuscule. Sinon, il jouait avec Mickey dans le jardin ou bien se baignait dans la piscine avec ses parents. Ses journées étaient bien remplies.

Maribel choisit une tenue élégante pour le dîner afin de fêter cette soirée, la dernière qu'ils passeraient sur Zélos. La semaine précédente, Leonidas n'avait cessé d'enchaîner les rendez-vous d'affaires, afin de prolonger au maximum leur séjour sur l'île. Il semblait avoir aussi peu envie de partir qu'elle.

Leur lune de miel avait été idyllique. Maribel n'aurait jamais pensé trouver le bonheur si vite auprès de Leonidas. Ce dernier s'était non seulement totalement détendu avec son fils, mais il se décontractait également de plus en plus avec son épouse qu'il comblait de mille petites attentions. S'il travaillait longtemps, il venait toujours la voir par la suite, et il la réveillait parfois aux petites heures du matin pour le plaisir de prendre le petit déjeuner avec elle. Il accordait une immense importance aux repas pris en famille, joie toute simple dont il avait été privé enfant. Souvent, le père et le fils traversaient le verger pour gagner la plage, puis sautaient dans les vagues avant de jouer au ballon. Tous ces menus plaisirs l'enchantaient, alors que Maribel avait craint qu'il ne trouve la vie de famille ennuyeuse et trop accaparante.

Découvrant la Grèce à travers son regard, elle était tombée amoureuse de ce pays dont elle avait exploré les îles à bord du yacht de Leonidas. Il lui avait montré ses endroits préférés et ils avaient visité de nombreux sites archéologiques. Souvent ils s'arrêtaient pour déjeuner dans une taverne de village où on leur servait une nourriture simple et délicieuse qui plaisait bien plus à Maribel que les plats sophistiqués des grands restaurants ; ou bien ils pique-niquaient tout simplement sur la plage après s'être baignés. Leonidas était presque toujours reconnu par les gens du cru, mais ceux-ci ne venaient jamais le solliciter et respectaient son intimité.

Peu à peu, Maribel avait cessé d'établir des comparaisons dévalorisantes entre elle et Imogène. Elle préférait se concentrer sur son bonheur, un bonheur parfait auquel elle n'aurait jamais osé rêver seulement quelques mois plus tôt.

Après avoir vérifié qu'Elias dormait toujours, elle sortit sur le balcon qui offrait une vue magnifique sur la baie ensoleillée. Il faisait un temps splendide et une légère brise faisait voleter le bas de sa petite robe en coton vert émeraude. Quelques minutes plus tard, Leonidas la rejoignit avec deux coupes de champagne. Son portable sonna, mais il l'éteignit avant de le glisser dans sa poche.

— Cela fait un mois que nous sommes mariés, *hara mou.* Cela mérite que nous trinquions, fit-il en levant sa coupe.

Elle l'imita en souriant. Ils burent chacun une gorgée, puis Leonidas ajouta :

— Avant que j'oublie, ta cousine Amanda a appelé pour nous inviter à dîner à Londres.

— C'est typique de sa part de passer par quelqu'un d'autre pour lancer son invitation. Cela montre qui de nous deux elle estime réellement. Enfin, peu importe. Je trouverai une excuse polie et…

— Pourquoi ? Ne seras-tu pas contente de revoir les tiens ?

Elle grimaça.

— Tu sais, les Stratton n'ont jamais voulu voir Elias quand il est né. Ils le considéraient comme « l'enfant du péché ». Quand ma tante a appris que tu étais son père, elle m'a carrément dit qu'elle ne voulait plus jamais me revoir. Au mariage, elle a fait bonne figure, mais je sais qu'en secret elle était hors d'elle.

Leonidas était sidéré.

— Pour quelle raison, grands dieux ?

— A cause d'Imogène, admit Maribel avec réticence. Parce que vous étiez ensemble à une certaine époque.

— Pas du tout !

— Tu ne te sentais peut-être pas lié à elle, mais Imogène avait beaucoup investi dans votre relation. Du coup, sa famille a l'impression que je suis allée « chasser sur ses terres »...

— C'est ridicule ! Imogène et moi nous ne sommes jamais sortis ensemble.

Comme Maribel fronçait les sourcils, il insista.

— Il n'y a jamais rien eu entre nous, hormis une amitié que son addiction à la drogue a fini par détruire.

— Mais... Imogène elle-même m'a dit...

— J'ignore ce qu'elle a pu te dire, *hara mou*, mais nous n'avons même pas échangé un seul baiser. Jamais !

— Oh, Seigneur ! murmura Maribel, déboussolée. Elle a fait croire à tout le monde que vous étiez amants...

— C'est faux. Elle était drôle et je l'aimais beaucoup, mais je n'ai jamais eu envie d'une relation plus intime. Elle était si névrosée et superficielle ! Je comprends maintenant pourquoi tu m'as repoussé quand j'ai voulu t'embrasser, il y a sept ans...

— Tu veux dire... que tu t'intéressais réellement à moi ? Que ce n'était pas... une mauvaise plaisanterie, un pari entre copains ?

— Quelle idée ! Cela dit, tu as eu raison de ne pas te laisser faire. A cette époque, j'aurais sûrement tout gâché en deux semaines. Je faisais un peu n'importe quoi, je ne savais pas vraiment ce que je voulais.

Maribel n'en revenait pas. Toutes ces précisions éclairaient le passé sous un jour très différent de ce qu'elle avait vécu ou cru vivre. Ainsi, Leonidas l'avait distinguée dès le début. Il avait tenté de lui dérober un baiser, puis, plus tard, il l'avait choisie comme confidente un soir de détresse, avant de lui tomber dans les bras lors de cette fameuse nuit…

Elle balbutia :

— Tu étais si bouleversé le soir des obsèques d'Imogène que j'ai cru… j'ai pensé que tu cherchais juste du réconfort…

— J'étais malheureux, c'est vrai. Sa mort était un épouvantable gâchis qui m'a rappelé celle de ma mère et de ma sœur. J'ai essayé d'aider Imogène, je n'y ai pas réussi. Alors, quand elle a fui la clinique pour la seconde fois, en pleine cure de désintoxication, j'ai préféré couper les ponts pour ne pas la voir mourir.

— Je sais. Nous avons tous tenté de la retenir à la vie… et rien n'a marché, soupira Maribel.

— Tu t'es dévouée pour elle, bien plus que les autres. Même si sa famille ne t'en est pas reconnaissante, j'ai été impressionné par la loyauté dont tu as fait preuve vis-à-vis d'elle. C'est si rare, une telle générosité ! Et quand je t'ai revue à l'enterrement, rien n'aurait pu m'empêcher d'aller te retrouver.

— Tu veux dire que…

— Depuis que je te connais, aucune femme n'a éveillé en moi ce sentiment d'admiration. Tu es courageuse, obstinée, brillante. Et tu ne t'es jamais laissé éblouir par ma fortune ou ma famille. Cette première nuit dans tes bras a été magique. Je me suis senti tellement rejeté quand j'ai découvert que tu étais partie sans laisser de numéro de téléphone ! Bien sûr, je me suis drapé dans ma fierté, mais j'ai eu tellement mal…

— Oh, Leonidas…

Deux larmes roulèrent sur les joues de Maribel. Il lui prit sa coupe de champagne et la posa de côté pour pouvoir prendre la jeune femme dans ses bras et la serrer avec tendresse.

— Maintenant nous sommes réunis et je ne te laisserai plus jamais me quitter, chuchota-t-il. Je t'aime beaucoup trop pour cela.

— Tu… m'aimes ?

— Oui, ma chérie. Je t'aime comme un fou. J'ai lutté contre mes sentiments qui me terrifiaient et que je ne savais comment assumer. Mais ils étaient trop forts. Tu ne m'as pourtant pas épargné quand tu m'as affirmé que je serais un mauvais père, irresponsable et égoïste. Mais cela a agi sur moi comme une sorte d'électrochoc. J'ai décidé de gagner ton cœur et, pour commencer, j'ai organisé l'étalage de notre histoire dans la presse à scandale… afin de décourager ton admirateur.

— Sloan ? Tu étais jaloux de lui ? s'exclama Maribel dans un rire tremblé.

— Comme un tigre !

— Alors… tu m'aimes… vraiment ?

— Ne t'en ai-je pas donné la preuve à maintes reprises ? En n'exigeant pas de test ADN ni de contrat prénuptial ? Et en acceptant de t'épouser en premier lieu ?

— Je croyais que tu voulais juste me mettre dans ton lit.

— C'est vrai, mais il n'y avait pas que cela. Je t'aurais demandé de m'épouser de toute façon, mais ton petit chantage m'a permis de sauver la face.

— Oh, Leonidas ! J'ai menti en te disant l'autre jour que je n'étais plus amoureuse de toi ! Moi aussi je t'aime. Je t'aime de toutes mes forces, et depuis si longtemps ! Jamais je n'aurais cru qu'un jour tu…

— Tu m'aimes, c'est vrai ? Oh, ma chérie…

Sa bouche réclama la sienne et il lui donna un baiser étourdissant, plus grisant que n'importe quel champagne.

Deux ans plus tard naquit Sofia Pallis. La grossesse de Maribel s'était déroulée dans les meilleures conditions, dépourvue du stress compréhensible qui avait accompagné la première. Fasciné, Leonidas avait suivi le développement du bébé jour après jour, et la venue prochaine de cet enfant les avait encore rapprochés.

La petite avait hérité des yeux noirs piquetés d'or de son père et des traits de sa mère. A trois ans et demi, Elias était fou de sa petite sœur et assez déçu qu'elle ne puisse partager ses jeux les plus turbulents.

— Elle est si petite, maman !

— Elle va grandir.

— Et elle pleure tout le temps.

— Toi aussi tu pleurais quand tu étais bébé, répondit Maribel, attendrie.

Après avoir couché la petite dans la nursery, elle emmena son fils dans sa chambre pour lui lire une histoire. C'est ce moment que choisit Leonidas pour apparaître dans l'encadrement de la porte. Il écouta en souriant la fin du récit, puis vint embrasser son fils.

Après avoir éteint la lampe de chevet, il entraîna Maribel hors de la chambre.

— C'est si bon de rentrer le soir et de vous trouver ici tous les trois, soupira-t-il, un bras glissé autour de sa taille. Ma chérie, je ne peux même pas imaginer la vie sans vous !

Maribel se hissa sur la pointe des pieds pour déposer un baiser sur les lèvres de son mari, puis elle nicha sa joue contre son épaule avec un soupir de bien-être et tous deux s'éloignèrent.

A peine avaient-ils tourné à l'angle du couloir que Mickey, s'extirpant de dessous un fauteuil, se faufila dans la chambre d'Elias…

UNE PASSION ESPAGNOLE, Jennie Lucas • *N°2814*

Afin de sauver de la faillite l'entreprise familiale, Tamsin Winter a accepté d'épouser un cheikh richissime, mais réputé violent. Le jour de son mariage, cependant, elle est enlevée et retenue prisonnière dans le château d'un certain Marcos Ramirez, un mystérieux Espagnol au regard de braise. Un homme qui lui apprend bientôt qu'il tient le cheikh et sa famille pour responsable de sa ruine, et l'a choisie, *elle*, pour assouvir sa vengeance…

ENTRE AMOUR ET VENGEANCE, Trish Morey • *N°2815*

Entre Loukas Demakis, richissime armateur, et elle, chirurgienne débutante, les choses ont été très vite. Trop vite, même, à tel point que Jade soupçonne bientôt le beau Grec de l'avoir séduite dans un but bien précis. Elle ne tarde pas découvrir qu'elle est en effet tombée dans un piège, mais c'est trop tard, hélas : elle est déjà follement amoureuse de lui…

+ 1 ROMAN RÉÉDITÉ GRATUIT

L'ÉTÉ DE LA PASSION, Rosemary Gibson

UN CRUEL SOUPÇON, Lee Wilkinson • *N°2816*

Peu de temps après sa rencontre avec Richard, Valentina s'apprête à l'épouser quand l'ex-fiancée de celui-ci la met en garde. Selon elle, Richard n'a demandé la main de Valentina que pour s'approprier son héritage… En proie à la confusion la plus totale, et ignorant tout de ce prétendu héritage, la jeune femme s'interroge : fait-elle les frais de la jalousie d'Helen, ou a-t-elle été manipulée par celui qu'elle croyait être l'homme de sa vie ?

LA FIERTÉ DES TORRENTE, Lynne Graham • *N°2817*

Trilogie «Irrésistibles Séducteurs»

Troisième partie – Entre Kathy et son patron, le séduisant Sergio Torrente, l'attirance est immédiate, et la passion absolue. Aussi, quand celui-ci l'accuse d'un vol qu'elle n'a pas commis, pense-t-elle avec effroi qu'il cherche un prétexte pour la licencier et ne plus la revoir. Mortifiée, elle se résout à perdre Sergio en même temps que son emploi quand elle apprend qu'elle est enceinte…

Attention, numérotation des livres pour le Canada différente : numéros 1455 à 1463.

A paraître le 1er septembre

Best-Sellers n°341 • thriller

Le cercle écarlate - M.J. Rose

Des hommes nus, aux pieds marqués d'un chiffre rouge : c'est la troisième fois que la journaliste Betsy Young reçoit des clichés de cette mise en scène macabre. La police n'a aucune piste. Seule le Dr Morgan Snow est capable d'établir un lien entre les victimes, car elle reçoit des patientes liées à Scarlet, une société secrète de femmes qui asservissent les hommes à leurs désirs. Morgan, tenue par le secret médical, ne peut révéler cette information à la police. Pas même à l'inspecteur Noah Jordain, qui, sans elle, ne remontera jamais la piste du tueur…

Best-Sellers n°342 • suspense

Les fiancées du Mississippi - Carolyn Haines

Après la mort d'Annabelle, sa fille de 9 ans, dans un incendie criminel, Carson Lynch a connu la descente aux enfers : elle a quitté son mari, son métier de journaliste, et s'est réfugiée dans l'alcool. Deux ans ont passé. A Biloxi, Mississippi, où le patron du *Morning Sun* a recruté Carson, la découverte de cinq jeunes femmes assassinées 24 ans auparavant fait l'effet d'un coup de tonnerre. A peine sont-elles identifiées que la série noire recommence, avec deux nouvelles victimes. Toutes ont l'annulaire gauche sectionné et portent un voile de mariée. S'agit-il du même tueur ? Pour le savoir, Carson Lynch est prête à tout. Car elle a des raisons très personnelles de vouloir retrouver le criminel…

Best-Sellers n°343 • suspense

Dangereuse vision - Heather Graham

Chargés de retrouver le *Marie Josephine*, galion espagnol naufragé au XVIIIe siècle, Genevieve Wallace et Thor Thompson ne vont pas seulement devoir apprendre à explorer ensemble les superbes récifs et les eaux cristallines des tropiques au large de Key West. Car Genevieve, confrontée pour la première fois de sa vie à des visions effrayantes qui les guident dans leurs recherches, va, en levant peu à peu le voile sur le mystérieux naufrage, mettre sa vie et celle de Thor en danger…

Best-Sellers n°344 • roman

Le voile des illusions - Jackie Collins

Trois femmes extraordinaires. Trois carrières prometteuses. Trois divorces imminents.

Dans le monde impitoyable d'Hollywood, où les paparazzi font et défont les stars, Shelby l'étoile montante du cinéma, Lola la bombe latino, et Cat la réalisatrice rebelle, découvrent quelles illusions se cachent derrière le voile du succès. Sous les paillettes éclatent les scandales, les jalousies, les trahisons. Difficile alors, de rester fidèle à soi-même… si ce n'est aux autres.

Best-Sellers n°345 • roman

Retour au lac des saules - Susan Wiggs

A présent que sa fille a quitté la maison, Nina Romano s'apprête à réaliser son rêve de toujours : racheter et rouvrir l'auberge du lac de Saules. Aussi est-elle furieuse d'apprendre que la propriété vient d'être vendue… à Greg Bellamy, le fils de riches qu'adolescente, elle aimait en secret. De retour après son divorce, il a encore trouvé le moyen de se mettre en travers de sa route ! Mais quand il lui propose de s'associer avec lui, elle hésite, déchirée entre sa méfiance envers ce rival déloyal, et son attirance pour un Greg encore plus séduisant qu'autrefois…

Best-Sellers n°346 • historique

Une passion irlandaise - Brenda Joyce

Irlande, 1818.

Après le mariage de leurs parents respectifs, Eleanor et Sean grandissent ensemble. Mais, au fil des ans, Eleanor tombe amoureuse de Sean qui, lui, la considère comme sa petite sœur et ne rêve que de partir à l'aventure. Eleanor essaie en vain de le retenir. Quatre ans s'écoulent sans qu'il donne signe de vie, et la jeune fille, refusant de céder au chagrin, se fiance à un autre. Mais, à la veille de son mariage, Sean réapparaît. Eleanor, bouleversée, apprend qu'il s'est enrôlé dans la rébellion irlandaise et est recherché par les troupes du roi. Alors, elle n'hésite pas : peu importe le scandale, elle suivra Sean n'importe où, fût-ce au péril de sa propre vie. Sean l'enlève le jour de ses noces…

Best-Sellers n°347 • suspense

Les mains du diable - Gwen Hunter

Médecin dans le comté de Dawkins, en Caroline du sud, le Dr Rhea Lynch se trouve confrontée à une série d'étranges événements : tandis que les cas de malaises respiratoires se multiplient de manière inquiétante aux urgences, une jeune accidentée dont le corps porte la trace de sévices atroces se livre à des rituels de magie noire au sein de l'hôpital…

Ce roman est le troisième volet de la série consacrée au Dr Rhea Lynch.

Best-Sellers n°348 • roman

Le testament des Gerritsen - Emilie Richards

La Nouvelle-Orléans, 1965.

Aurore Gerritsen vient de rendre son dernier souffle. Respectant ses instructions, son avocat réunit les proches de la vieille dame, à qui il ne lira le testament qu'au bout de quatre jours, toute personne partant avant ce délai perdant son droit à l'héritage. Un héritage considérable, qui suscite tensions et convoitises. En huis clos dans le pavillon d'été de Grand Isle, les uns et les autres, à travers à travers les journaux intimes, les secrets de famille enfouis depuis des années, et la lecture du testament, vont alors découvrir le lien secret qui les unit à Aurore Gerritsen …

Best-Sellers n°349 • suspense

Spirale meurtrière - Meg O'Brien

Agent littéraire à Los Angeles, Mary Beth Conahan se trouve soudain confrontée aux meurtres de son ex-mari et de deux de ses auteurs. Coïncidence ? Au même moment, l'une de ses anciennes amies, dont elle était sans nouvelles depuis des années, frappe soudain à sa porte pour lui demander de l'aide…

Un récit haletant dans lequel secrets et trahisons s'entremêlent pour mieux nourrir le suspense jusqu'au coup de théâtre final.

Composé et édité par les
éditions Harlequin
Achevé d'imprimer en juillet 2008

BUSSIÈRE
GROUPE CPI

à Saint-Amand-Montrond (Cher)
Dépôt légal : août 2008
N° d'imprimeur : 81049 — N° d'éditeur : 13718

Imprimé en France